谷川俊太郎

[日韓同時代人の対話シリーズ]

酔うために飲むのではないからマッコリはゆっくり味わう

申庚林

シン・ギョンニム

[訳] 吉川凪

CUON

対詩とは

何人かが順番に詩を作って回していく〈連詩〉と違って、二人だけで作っていくのを、私たちは〈対詩〉と呼んでいます。連詩も対詩も詩人たちが顔を合わせて、数日生活を共にしながら作るのが本来ですが、郵便やファックスを使うこともあるし、近ごろではメールでのやりとりになることも多い。

詩人たちが母語を異にしている場合は、翻訳者に入ってもらわねばなりません。一つ場所に集まって作るときは、詩人も翻訳者も一緒になって共訳のようになることもあって、そんな日常とはちょっと異なった創作の場を、日本語では〈座〉と言っています。時には酒を飲みながら、四方山《よもやま》話をしながら作られる詩は、詩人が一人きりで作る詩とは発想からして違ってくるのが面白い。

この申さんとの対詩は、韓国と日本のあいだで、翻訳者の吉川凪さんをはさんでメールによって行われたのですが、途中セウォル号の事故があったことで、運びが予期せずドラマティックになったのが印象的でした。申さんも私も言葉が生活から浮き上がって観念的になるのを好まないので、詩のトーンは乱れていないと思います。

詩はともするとモノローグに近くなることが多いのですが、対詩となると否応なしにダイアローグにならざるを得ません。自分ひとりでは出てこない言葉が、他者とかかわることで思いがけず出てくる、そこに対詩、連詩の活力の源があるのではないかと思います。

国家と国家がぎくしゃくしていても、詩人と詩人はそこに身を置きながらも、そこから離れたくつろいだ空間で、政治家の言葉とは次元の違う詩の言葉で、交歓出来ることを私はうれしく思っています。

谷川俊太郎

二〇一四年　師走

もくじ

対詩

1

父が遺した白い李朝の壺
歴史が傷つけた痕があるけれど
それも壺の美しさを損なってはいない
秋　壺はつつましい野花を
黙って抱きとめている

俊

아버지에게 물려받은 조선백자 항아리
역사가 흠집을 남겼는데도
항아리는 여전히 아름답다
가을. 항아리는 아담한 들꽃을
말없이 그러안고 있다

숀

2

昨夜ふいに小糠雨《こぬか》が通り過ぎた
松の木は青々と水を湛《たた》え
椿も口もとを綻《ほころ》ばせている
この姿　新しく壺に刻み
海を隔てた友人たちに伝えたい

庚

간밤에 문득 이슬비 스쳐가더니
소나무에도 새파랗게 물이 오르고
동백도 벙긋이 입을 벌리기 시작했다.
이 모습 새롭게 항아리에 새겨
바다 건너 벗들에게 전하고 싶구나

경

3

ニューズでは
国と国が血を流しているが
天気予報では
気まぐれな雲が
はにかむ地球にヴェールをかぶせている

俊

뉴스에서는
나라들이 피를 흘리고 있지만
일기예보에서는
변덕꾸러기 구름이
수줍어하는 지구에다 베일을 씌우네

슌

4

休戦ラインは春でも夜風が冷たいけれど
咲き始めた野の花たちは
互いに戯《たわむ》れつつ
両側から　われ先に
鉄条網を這い上がる

庚

휴전선의 밤바람은 봄이 와도 찬데
막 피기 시작한 들꽃들이
서로 장난질을 치며
양쪽에서 다투어
철조망을 기어 올라가고 있다

경

5

老人の深い嘆息
幼子の弾けるような笑い
放し飼いの牝鶏の甘ったれた鳴き声
世界は脈打っている
物思いに沈む娘の未来のために

俊

노인의 깊은 한숨

어린아이의 깔깔거림

놓아기르는 암탉의 어리광부리는 듯한 울음소리

세계는 맥박치고 있다

수심에 잠기는 아가씨의 미래를 위하여

슌

6

神様はすっかり老いてしまわれた
陽射しに発熱した地球が
苦しい息をしていても
意地悪な子らが軍靴《ぐんか》でそれを踏み荒しても
気づかないのだから——

庚

하느님은 너무 나이가 드셨어
햇살에 몸이 뜨거워진 지구가
가쁜 숨결을 토해내도
심술쟁이 아이들이 군홧발로 그걸 짓밟아도
못 보시는 걸 보면——

경

7

仏壇も神棚もない家
賛美歌をハミングする母
オルフェウスを夢見ている息子
理性の行く末を案じる祖父
テレビから流れてくるコーラン

俊

불단도 신단도 없는 집
콧노래로 찬송가 부르는 어머니
오르페우스를 꿈꾸는 아들
이성 (理性) 의 앞길을 염려하는 할아버지
텔레비전에서 흘러나오는 코란

俊

8

祖父の一生の夢は国の開化
力を貸してくれると信じた隣人が
泥棒になるのを見て
酒と嘆息で生涯を終えたおろかもの
僕はその嘆息の中に詩を探し

庚

할아버지의 평생의 꿈은 나라의 개화
그때 이웃이 힘이 되어 주리라 믿었다가
그 이웃이 도둑이 되는 걸 보고
평생을 술과 한숨으로 보낸 못난 사람
나는 그 한숨 속에서 시를 찾고

경

9

酔うために飲むのではないから
マッコリはゆっくり味わう
アタマの中で右往左往してる意味のもつれを
味わいがカラダごと解きほぐしてくれる
おや　やはり少々酔ったのかな

俊

취하기 위해 마시는 술이 아니니
막걸리를 천천히 맛본다
머리 속에서 우왕좌왕 헝클어진 의미의 응어리를
그 맛이 온몸과 함께 송두리째 풀어준다
어, 나 역시 좀 취한 것 같구나

슌

10

南の海から悲痛な知らせ
何百人もの子どもたちが水底《みなそこ》で
船に閉じ込められているという
国じゅう涙と怒りで大騒ぎなのに　僕はただ
散り敷いた花びらを見つめることしか

庚

남쪽 바다에서 들려오는 비통한 소식
몇 백 명 아이들이 깊은 물 속
배에 갇혀 나오지 못한다는
온나라가 눈물과 분노로 범벅이 되어 있는데도 나는
고작 떨어져 깔린 꽃잎들을 물끄러미 바라볼 뿐

경

11

自らの心と書く漢字の息
日本語では生きると同じ音の息
声にならない言葉にならない息が出来ない苦しみに
想像力で寄り添うことすら出来ない苦しみ
詩の余地がない

俊

숨쉴 식(息) 자는 스스로 자(自) 자와 마음 심(心) 자
일본어 '이키(息, 숨)' 는 '이키루(生きる, 살다)' 와 같은 음
소리 내지 못하는 말하지 못하는 숨이 막히는 괴로움을
상상력으로조차 나누어 가질 수 없는 괴로움
시 쓸 여지도 없다

슌

12

夜通し水中で踠《もが》いて
目を覚ますと布団が茨のごとく僕を刺す
我関せずとばかり朝陽のまぶしい前庭では
モクレン散りシャクヤクが咲き
そうして春は逝《ゆ》きつつあるのだが

庚

밤새껏 물속에서 허우적대다가
눈을 뜨니 솜이불이 가시덤불처럼 따갑다
아랑곳 없이 아침햇살이 눈부신 앞뜰에는
목련이 지고 작약이 피고
이렇게 봄은 가고 있는데

경

13

新聞から目を逸らしてテレビの音を消して
庭のカエデの若葉を見ています
人の手が触れることの出来ないものを畏《おそ》れることと
人の手が触れたものを怖《おそ》れること
畏怖を忘れるとき恐怖が生まれる

俊

신문에서 눈을 떼고 텔레비전 소리도 끄고
뜰에 있는 단풍나무의 어린잎을 바라봅니다
사람의 손이 닿지 못하는 것을 외경(畏敬) 하는 것과
사람의 손이 닿은 것을 무서워하는 것
외경심을 잃어버릴 때 공포가 생긴다

슌

14

人の手の及ばざるもの　いよよ増え
人の手の及ぶもの　いよよ怖ろし
世に与え得る何ものもなく
ただずっと突っ立っている
ヤマナラシの老木が　こんな日は妙に哀しい

庚

사람의 손이 닿지 못하는 것은 갈수록 많아지고
사람의 손이 닿는 것은 갈수록 두려워진다
세상에 아무것도 주지 못하면서
오래 서 있기만　하는
늙은 미류나무가 오늘 따라 서럽다

경

15

「……この世のどんな言葉をも
海は黙って　消し去ってしまうのだ」＊
だがその後にもフォーレのレクイエムの
美しい旋律にひそむ言葉の種子が
五月の陽射しに暖められて芽生えを待っている

俊

＊洪允淑《ホンユンスク》「海」より　茨木のり子訳

'…어떤 이 세상 말도
바다는 잠잠히 지워 버린다' *
그러나 말의 씨앗은 포레의 레퀴엠 속에 숨어 있다
그 아름다운 선율 속에서
따스한 오월의 햇살을 받으며 싹트는 날을 기다린다

슌

* 홍윤숙「바다를 위한 메모」에서 인용

16

ソウルの空に星がきらめくのを見たのだが
朝起きるとアパートの塀に
真っ赤な薔薇《ばら》が何輪かしがみついて笑っている
地上には太初《はじめ》に言葉があり
星と花のまばゆいダンスがあった

庚

서울 하늘에 별 몇 개 반짝 빛나는 걸 보았는데
아침에 깨어 보니 아파트 담장에
몇 송이 새빨간 장미가 매달려 웃고 있다
태초에 지상에 말이 있고
별과 꽃의 눈부신 춤이 있었으니

경

17

星の名を知らずにいたい
花の名を覚えたくない
無名も有名も同じ生きもの
名付けられる前の世界の混沌で
神はまどろんでいればいい

俊

별 이름 모르고 싶다

꽃 이름 외우기 싫다

이름이 없어도 있어도 다 같이 살아 있는데

신은 명명 이전의 혼돈된 세계에서

다만 졸고 있으라

슌

18

僕とすれ違った人々の
名前を僕は知らない
みな星になって胸に刺さっているだけ
名を忘れて　ようやく美しくなった
その訳を知ったところで何になろう

庚

나를 스쳐간 사람들

그 이름들을 나는 모른다

모두 별이 되어 가슴에 박혀 있을 뿐

이름들을 잊어 비로소 아름다워진

그 까닭 알려 해서 무엇하랴

경

19

詩に行き詰まると
時々金平糖を口に放りこむ
色とりどりの異形の星
その小さな角《つの》が舌の上で溶けてゆく
幼時の無邪気を失いたくない

俊

시가 잘 써지지 않을 때
가끔 별사탕을 입에 넣는다
형형색색의 야릇한 별
그 작은 뿔들이 혀 위에서 녹아 간다
어린 시절의 순진함을 간직하고 싶네

슌

20

野薔薇の香り部屋に満ち
麦熟れる匂い鼻をくすぐる
初夏の夜風は容赦がない
僕をこんなに
見さかいもなく浮き足立たせて

庚

방안 가득한 찔레꽃 향기
코를 간질이는 보리 익는 내음
초여름 밤바람은 사정이 없구나
나 이렇게
철딱서니 없이 들뜨니

경

21

洗って磨いて無臭にしたからだのために
どんな花も敵わない新しい香りをヒトは創る
悪臭と変わらぬ匂いのチーズを味わったあとで
臭わぬ先に糞尿を水に流す
本当に怖いのは臭わずにヒトを侵すもの

俊

사람은 씻고 닦아서 냄새 없앤 몸을 위하여
어떤 꽃보다 좋은 향내를 만들어낸다
고약한 내의 치즈를 맛본 다음
똥오줌을 냄새 맡기 전에 떠내려 보낸다
진짜 무서운 것은 냄새 없이 사람을 침범하는 그 무엇

슌

22

これまで出会ったあらゆるものが僕のからだに入ってきた
すみずみまで巡って僕を引きずり出し
空高く舞い上がったあげく
爆竹みたいにはじけて地上に散れば
やっと遠くの山に月が昇る

庚

살면서 만난 온갖 것들이 내 몸에 들어왔다
구석구석 돌다가 나를 끌고 나와
높이 하늘로 치솟았다가
폭죽처럼 터져 지상에 흩어지니
그제야 먼 산에 달이 뜬다

경

23

庭で遠花火を見ている小さな弟は
遅れてやって来る音を待って歓声をあげる
もう学校へ行っている兄は
机の上に『星の王子さま』をひろげている
これからだ　二人とも

俊

마당에 나가 먼 불꽃놀이를 바라보는 어린 동생이
늦게 찾아오는 소리에 환성을 지른다
학교에 다니는 형은
책상 앞에서 "어린 왕자" 를 읽고 있다
이제부터다 둘 다

슌

24

子どもたちが外に出てひなたぼっこをしている
木や花や鳥と一緒に
いたずらっ子みたいなお日さまにからだをくすぐられ
耐えきれず皆で笑いさざめく
長い梅雨の終わりは　朝がいっそうきらびやかだ

庚

아이들이 햇볕을 쬐느라 문 밖에 나와 서 있다
나무와 꽃과 새와 동무가 되어서
햇살은 장난꾼처럼 몸을 마구 간질이고
모두들 못 견뎌 깔깔대고들 웃는다
오랜 장마끝이라서 아침이 더 찬란하다

경

詩

二十億光年の孤独

人類は小さな球の上で
眠り起きそして働き
ときどき火星に仲間を欲しがったりする

火星人は小さな球の上で
何をしてるか　僕は知らない
(或は　ネリリし　キルルし　ハララしているか)
しかしときどき地球に仲間を欲しがったりする
それはまったくたしかなことだ

万有引力とは
ひき合う孤独の力である

宇宙はひずんでいる
それ故みんなはもとめ合う

宇宙はどんどん膨んでゆく
それ故みんなは不安である

二十億光年の孤独に
僕は思わずくしゃみをした

かなしみ

あの青い空の波の音が聞えるあたりに
何かとんでもないおとし物を
僕はしてきてしまったらしい

透明な過去の駅で
遺失物係の前に立ったら
僕は余計に悲しくなってしまった

ほん

ほんはほんとうは
しろいかみのままでいたかった
もっとほんとのことというと
みどりのはのしげるきのままでいたかった

だがもうほんにされてしまったのだから
むかしのことはわすれようとおもって
ほんはじぶんをよんでみた

「ほんとうはしろいかみのままでいたかった」
とくろいかつじでかいてある

わるくないとほんはおもった
ぼくのきもちをみんながよんでくれる
ほんはほんでいることが
ほんのすこしうれしくなった

自己紹介

私は背の低い禿頭《とくとう》の老人です
もう半世紀以上のあいだ
名詞や動詞や助詞や形容詞や疑問符など
言葉どもに揉まれながら暮らしてきましたから
どちらかと言うと無言を好みます

私は工具類が嫌いではありません
また樹木が灌木《かんぼく》も含めて大好きですが
それらの名称を覚えるのは苦手です
私は過去の日付にあまり関心がなく
権威というものに反感をもっています

斜視で乱視で老眼です
家には仏壇も神棚もありませんが
室内に直結の巨大な郵便受けがあります
私にとって睡眠は快楽の一種です
夢は見ても目覚めたときには忘れています

ここに述べていることはすべて事実ですが
こうして言葉にしてしまうとどこか嘘くさい
別居の子ども二人孫四人犬猫は飼っていません
夏はほとんどTシャツで過ごします
私の書く言葉には値段がつくことがあります

臨死船

知らぬ間にあの世行きの連絡船に乗っていた
けっこう混みあっている
年寄りが多いが若い者もいる
驚いたことにちらほら赤ん坊もいる
連れがいなくてひとりの者がほとんどだが
中にはおびえたように身を寄せ合った男女もいる

あの世へ行くのは容易なことではないと聞いていたが
このままこの船に揺られていればいいのなら楽だ
と思ったがその気持ちがなんだか頼りない
ほんとにそう思ったのかどうかぼんやりしている

死んだからそうなったのかそれとも
気持ちなんてもともとそういうものだったのか

ふと上を見たらここにも空があった
太陽が傾きかけた初秋のおそい午後の光だ
褪せた青を儚い橙色がベールのように被っている
覚めそうで覚めない夢のようだ
船は低い古風な機関音を立てて進んでゆく
あの世はまだまだ遠いのだろうか

隣にいる老人が独り言のように呟く
「これが三途の川なんでしょうかね
思ってたよりはるかに大きいね　まるで海だ」
そう言えば向こう岸が見えない
それなのに水平線も見えないのは

空と水が一枚の布のようにつながっているからだ

おや　どこからか声が聞こえてきた
「おとうさん　おとうさん」と言っている
どうやら泣いているようだ
聞き覚えのある声だと思ったら女房の声だった
なんだか妙に色っぽい
抱きたくなってきた　もうカラダは無いはずなのに

きょろきょろ見回して女房の姿を探した
すぐそばにいたが幽霊のように影が薄い
手を握るとまるで手ごたえがない
その代り気持ちが手に取るように分かる
本気で悲しんでいるのはいいが
生命保険という打算も入っているのが気になる

女房の泣き声を聞いてもちっとも死んだ気がしない
まだ生きていたときの毎日の延長のようだ
そう言えば生きていたときも
生きているという実感が薄かった
もうそのときから死につつあったのかしらん
ぼうっと間抜けな音で汽笛が鳴った

鳥の群れが船の上を輪になって舞っている
あれらはまだ成仏しない霊たちだ
そんな説話をむかし読んだ
鳥になってしまったら
先に逝った身内友人とお喋りが出来ないじゃないか
それともここではもう人語は役立たずか

そんな心配は無用だった
鳥の一羽が空の上から呼びかけてきた
鳴き声は聞こえないのに気持ちが響いてくる
五歳で死んだ隣のうちの同い年だった女の子だ
「オ母サンマダ来テクレナイノ
ココノオ花イツマデモ枯レナイヨ」

いろいろ訊きたいことがあるのだが
相手が五歳の子どものままだから困る
この船はどこへ向かっているのと訊いても
毎日何をしているのと訊いても
夜になると星は見えるのと訊いても
「分かんない」の気持ちがか細く伝わってくるだけ
遅ればせながらなんだか物悲しくなってきた

身をよじるような悲しみではない
好きな人や好きな物と別れてきたはずだが
死ぬまでは苦しく辛かった固いしこりが
いまはだんだんゆるんでゆく
これは終わりなのか始まりなのか

いい匂いがする　忘れられない匂いが
じかに気持ちの中に入ってくる
むかしバイオリニストの恋人がいた
あのあと目の前で弾いてくれた　素裸で
細くくねるバイオリンの音と彼女の匂いが
いっしょくたになって皮膚に沁みこんだ

何故ともなくそのとき
自分にはカラダだけじゃなくタマシイもあると思った

突然逆転するスクリュー音が響き船が停まった
どこからかどやどやと一団の人間が乗りこんできた
みな埃だらけの野戦服姿だ
まだ手榴弾を握ったままの奴もいる

中の一人がいきなり笑いながら訊ねる
自分ら死んでいるのでしょうか
なんだかカラダがすうすうするんです
そう言いながら仲間と冗談を言い合っていて
その笑い声を母の子宮の中で聞いたような気がする
濃い霧が巻いて船はまたごとごとと動き出した

奇妙なことにその船が眼下に見える
それが映画さながらオーバーラップして顔になった
無精ひげを生やして蒼白い自分の顔だ

鏡で見慣れたはずの顔なのに他人としか思えない
見ている自分も自分なのかどうか覚束ない
笑ってごまかそうとすると顔が引きつってくる

自分が経験しているはずなのに
他人事のようなこの感じ確かに覚えがある
高校のころ死のうと思いつめて校舎の屋上に立っていた
一歩前に出れば自分を消してしまえる
だがほんとうに消せるのだろうか
自分が漫画の脇役みたいに思えてきて階段を下りた

そんなことを酒飲みながら議論したこともあった
皆若かったから死は冗談みたいなものだった
カラダがなくなった後に残る自分てなんだ
と三輪が言うと奥村が意識だと答え

庄司が脳がなくなれば意識もないだろうと言い
鄭がいずれにしろ死ねば分かるさと言った

突然自分が船の甲板から吸い出された
と思ったら胸が締め付けられるように苦しくなった
強い光に目が眩んだ　病院の白い寝台の上だ
「おとうさん　おとうさん」　また女房だ
ほっといてくれよと言いたいが声が出ない
だが安香水の匂いがひどく懐かしい

自分が息をしているのに気づいた
さっきまでは痛くも苦しくもなかったのに
閻魔《えんま》に責め苛まれているかのように
どこもかしこも悲鳴をあげている
またカラダの中に帰って来てしまったのか

嬉しいんだか辛いんだか分からない

遠くからかすかな音が聞こえてきた
音が山脈の稜線に沿ってゆるやかにうねり
誰かからの便りのようにここまで届く
酷い痛みの中に音楽が水のように流れこんでくる
子どものころいつも聞いていたようでもあるし
いま初めて聞いているようでもある

ああ悪いことをした
脈絡なく烈しい気持ちが竜巻のように襲ってきた
誰に何をしたのかを思い出したわけではない
ただ無性に詫びたくなった
詫びなければ死ねないのが分かった
どうすればいいのかその方法を考えなくてはと思う

見えない糸のように旋律が縫い合わせていくのが
この世とあの世というものだろうか
ここがどこなのかもう分からない
いつか痛みが薄れて寂しさだけが残っている
ここからどこへ行けるのか行けないのか
音楽を頼りに歩いて行くしかない

申庚林　신경림

冬の夜

農協*の精米所の裏部屋で
俺たちはムク*を賭けて花札を引く
明日は市《いち》の日。商人たちが大騒ぎして
酒幕《チュマク》*の庭で雪を払う。
野山はすっかり真っ白だな。雪が
こんこん降ってるのう
米や肥料の値段だの
教師になった村長の娘の話が出て。
ソウルで女中になったプニは
身ごもったんだと。どうすりゃいいのかねえ。
酒にでも酔ってみるか。飲み屋のねえちゃんの安白粉《おしろい》の匂いでも嗅ぎに行くかね。
この悲しみは俺たちにしかわからない。
今年は鶏でも飼ってみようか。
冬の夜は長く　ムクを食べ。
酒を飲んでは水代《みずだい》について言い争い
女の箸拍子で流行歌《はやりうた》を歌い
散髪屋の花婿を冷やかしてやろうと
麦畑を横切れば　世はいちめんの
銀世界。雪よ　積もって
屋根を覆い　俺たちを埋めておくれよ。
午鐘台《オジョンデ》*の陰で
チマをかぶっているあの娘たちに*
付け文でもしてみようか。このつらさは
俺たちにしかわからない。
今年は豚でも飼ってみるかな。

＊農協　原文では「金融組合」。農民を対象にした金融機関で、農業協同組合の前身となった

＊ムク　澱粉を煮て固めた、コンニャク状の食品。ここでは酒の肴である

＊酒幕　居酒屋を兼ねた宿屋

＊午鐘台　昼の十二時を知らせる鐘を設置した台

＊チマをかぶって…　チマは女性の民族服のスカート。伝統的に女性は外出する際にかぶりものを頭からかぶって顔や体を隠す風習があった。ここでは娘たちが顔を見られると恥ずかしいので、自分のはいているチマを持ち上げて顔を隠している

葦

いつからか葦は内側で
静かに泣いていた
そんなある夜のことだったろう　葦は
自分の全身が揺れていることを知った

風でも月の光でもないもの
葦は自分を揺らしているものが自らの忍び泣きであることに
少しも気づいていなかった
――生きるとは内側でこうして

静かに泣くことだとは
知らなかった

息苦しい列車の中

顔なじみがひとりふたりと降りてゆく
降りたくないと　もがいた末に
乱暴な手で引きずり降ろされる人もいれば
笑みを湛え
余裕たっぷり
身体を半ば外に突き出している人もいる
外は真っ黒に凍てつき
ぷかぷか浮かんだ列車はその闇を走り

ぼくも身体半分ぐらいは外に出てるんじゃなかろうか
汗の匂いや生臭い匂いで息苦しい列車の中
新しい顔ぶれに親しみ軽口をたたいているけれど
自分の降りる駅が遠くないことを忘れて

さすらいびとの唄

片田舎の特定郵便局で何か置き忘れたような気がする
もの寂しいどこかの無人駅に誰かを捨ててきたような気がする
だからぼくはふと立ち上がり列車で出かけ
雪降る狭い路地をうろついたり
ゴミの散らかる市場通りものぞいて歩く
忘れ物を探そうと

いや　この世に来る前　あの世の果てに
ぼくは何かを置き忘れ
寂しい渡し場に誰かを捨ててきたのかも
あの世に行ったら　またこの世に
捨ててきたものを探して　さまよい歩くのかもしれない

ラクダ

ラクダに乗って行こう　あの世へは
星と月と太陽と
砂しか見たことのないラクダに乗って。
世間のことを聞かれたら何も見なかったみたいな顔で
手ぶりで答え、
悲しみも痛みもすっかり忘れたように。
もういちど世の中に出て行けと誰かに言われたら
ラクダになって行く、と答えよう。

星と月と太陽と
砂ばかり見て暮らし、
帰りにはこの世でいちばん
愚かな人をひとり　背中に乗せて来るよ、と。
何がおもしろくて生きていたのかわからないような
いちばん哀れな人を
道連れにして。

対談 I

東京篇

日時：二〇一二年六月三〇日
場所：在日本韓国ＹＭＣＡ（東京）
対談：申庚林（以下、申）　谷川俊太郎（以下、谷川）
司会：吉川凪（以下、司会）

似たもの同士？

司会　まず、お互いの作品を読んだ感想から。

申　谷川さんの詩を読んで、ぼくの作品とは違う、その世界の広さに感銘を受けました。性別、年齢にかかわらず誰でも楽しめる詩だと思います。また、ぼくの詩と発想の似た作品があってうれしく思い、感動しました。

谷川　日本の一般的な詩とはずいぶん違う感じがしますが、ぼくは申さんの詩に親近感を覚えました。ぼくとは方向が違うところもありますけど、芸術が自分の生活に根づいている感じがあって、申さんの詩は、まさにこの点でぼくと共通しています。

ところで申さんは今、ひとり暮らしでしょ？　その点もぼくと同じなんだよね。

申　ぼくは二回も結婚に失敗しています。最初の妻は病気で早く亡くなり、その次は離婚して、今はひとり暮らしです。

谷川　ぼくは三回結婚に失敗してるんです（笑）。申さんは、もう結婚する気はない？

申　ありません。もう年なので。

谷川　その点でも同じです。

3・11の瞬間

司会　昨年（二〇一一年）三月十一日の東日本大震災では、何を感じられたのでしょうか。

申　ぼくは去年の三月六日から九日まで、青森に旅行していました。海辺の村を訪れたとき、魚のおいしい、雰囲気のいい居酒屋でお昼を食べたんですけど、一行はその店がとても気に入ったのでそこで夕方まで酒を飲むことにしました。その村では外国のお客さんが珍しいらしく、近所の人たちもやって来て、わいわい楽しく過ごしました。また来るよと約束し、名刺をもらって店を出たのですが、その二日後に大地震が起きたんです。青森も津波が襲ったというので心配して電話をかけてみたものの、つながりません。後に聞いたところでは、そこでは大きな被害はなかったそうですが、そのときはその村が全滅したと思って、大きなショックを受けました。

谷川　ぼくは新宿の京王百貨店にいました。コーヒーを飲みに七階に上がったときに地震が起こりました。日本というのはもともとそういうところですから、大きな地震が起こったということ自体には、あまり驚きませんでしたね。ぼくはずっと呼吸法というのを習っているんですけども、その訓練のひとつとして、不安定な板の上に乗ってバランスを取る練習というのがあります。それでそのときも、地震の揺れに合わせて気持ち良く身体を揺らしながらバランスを取っていたんですが、店員さんに、「何やってるんですか、早く床に伏せて下さい！」と怒られたので、床に伏せました。大きな地震だとは思ったけれど、そのときは原発事故のことは知らなかったから、まだそれほど深刻には考えていませんでしたね。

申　ぼくは地震の直前に自分が日本にいたという縁もあるし、詩人としての責任や義務について考えるようになりました。それで被災者のことを考えて詩を書き、義捐《ぎえん》金も出しました。

谷川　申さんの詩集に収録されたエッセイに、文壇に出た直後に懐疑を抱いたというくだりがありますが、大震災のときも詩に対する懐疑を抱きませんでしたか？

申　詩人は無力だという絶望を感じるいっぽうで、やはり詩で人々を慰めなければならないと思いました。詩というより、神に対する懐疑を抱きましたね。

谷川　地震と津波は昔から日本が何度も経験したものなので、ぼくはそれほど驚きませんでした。東京にいたから、比較的冷静でいられたんでしょう。でも、原発はまたまったく別の問題です。詩や言語に対する懐疑は、ぼくは詩を書き始めた当初から抱いていました。

申　ぼくが詩を書き始めたのは朝鮮戦争直後ですが、最初は抒情詩を書いていました。しかし当時の韓国の現実は、美しい抒情詩を書いていられるような状況ではないんですね。物乞い、娼婦、傷痍《しょうい》軍人が街にあふれているような荒廃した社会で、文学が人の役に立つのかという気がしたし、詩というものの存在意義が感じられなくて、十年近く詩を書かずにぶらぶらしていました。

谷川　ぼくが詩を書き始めたのは第二次世界大戦後です。戦争中はまだ子どもでしたけれど、焼け跡を見に行くと死体がごろごろしている。そんな経験があるからか、詩を書き始めてから、言語とは実に不完全なものだといつも思っていました。感じたことの十パーセントも言葉では表現できないと。だからぼくは、詩を人の役に立てるということはあまり考えず、仕事として詩を書いてお金をもらって、詩で人々とつながっていきたいと思っていたようです。詩を直接、役立てようと思うと、どうしてもアジテーションのようになってしまったり、詩ではない論理で詩を書いてしまうような気がするんですが、ぼくはそれよりも言葉の美しさということにしぼって詩を考えるべきだと思う。直接役に立つというより、言葉の味わいというか、おいしい飲みものや食べもののような詩を読者に提供したいと思うようになりました。

震災のときも、自分の詩が役に立つとは思えなかったから、それを素材に詩を書きたいとはあまり思いませんでした。メディアは感想を求めるけれども、インタビューを受ける気になれず、もっぱら義捐金を出すことで協力しました。しかし、当時新聞に毎月一篇ずつ詩を連載していましたから、そのときの作品にはやはり震災が影響を及ぼしています。

詩人の立場

司会　詩人に期待されている役割が、日本と韓国ではだいぶ違うようですが。

申　日本と韓国とでは、読者が詩に求めるものが違ったのだと思います。韓国では、国や民族を考えない詩は、認められませんでした。外国から侵略されたり、支配階級の搾取《さくしゅ》を受けるなどの歴史的状況によって、そうなったんだと思います。

谷川　日本でも、第二次大戦後に、イデオロギー的な詩を書くことが流行りました。左翼的な人々が詩で人々を目覚めさせようとしたけれども、それはどうも日本の詩の伝統とかけ離れていて、詩とは認めにくいところがありました。昔から日本の詩人は、社会に直接参画したり政治的な発言をしたりということを避けてきたようです。これは短歌、俳句の伝統にも同じことが言えます。日本にも漢詩の伝統があり、漢詩では志を述べるということがあったけど、短歌、俳句は基本的に叙景であり、自分の情を訴えるものです。和歌が詠めなければ恋愛ができないという時代もありました。韓国の人たちの感じ方とは確かに隔たりがあると思います。

申　韓国でも、芸術的に高いものでなければ詩として認められません。啓蒙的な詩が流行ったこともあったけれども、そんな詩は短命に終わりましたね。読者は社会的、歴史的な行動力をもとに、芸術的な完成度を求めるようです。

谷川　韓国で詩がよく売れたのは、いつ頃ですか？

申　詩集が一番売れたのは、一九七〇年代、朴正熙《パクチョンヒ》軍事独裁の時代です。独裁から解放されないかぎり、人間らしい生活ができないと、誰もが思っていました。読者は詩に息抜きを求めていたんでしょう。世界的に類例を見ないほど詩集が売れました。一九八〇年に刑務所に入れられたとき、数えてみたら同じ刑務所に詩人が九人もいましたよ。

谷川　検閲はありましたか？

申　ひどいものでした。ぼくの詩集『農舞《ノンム》』（創作と批評社、一九七五）も、版を重ねると納品して検閲を受けないといけないから、すべて「初版」にしておいて、以前に作ったものを売っているだけだ、と弁明していました。だから実際には何版刷ったのかわからないんです。

谷川　検閲の眼を欺くために曖昧な言葉や比喩を使うということを、第二次大戦中のフランスでもやっていたし、中国でもやっていたと思いますが、そういうふうに詩の技法が複雑化するということはありましたか？

申　ありました。検閲を通過させるために比喩や象徴的な言葉を使うなど、いろんな技法を考えていましたから、検閲が詩のレベルを上げたと言えるかもしれません（笑）。

谷川　今はどうですか？

申　検閲はまったくありません。でも、民主化され検閲がなくなった途端に、詩集が売れなくなったので、独裁政権の時代を懐かしむ詩人もいるほどです（笑）。

谷川　今のロシアがまさに同じ状況です。ソビエト時代には詩の朗読会に何万人もの人が集まったのに、ロシアになってから、詩はぱったり売れなくなった。

申　韓国でも七〇年代には朗読会に数百人から千人を超える人が集まったのに、今は百人も来ませんね。

司会　韓国では詩人が知識人として扱われ、社会的な発言を求められるようですが？

申　詩が売れなくても詩人に対する尊敬の念は今でもあるようです。政治家は、自分が詩人たちに支持されていることをアピールしたがりますね。二〇〇七年に盧武《ノム》鉉《ヒョン》（一九四六〜二〇〇九）大統領が南北首脳会談で平壌《ピョンヤン》に行ったときは、詩人だという理由だけで選ばれ、ぼくも随行しました。

谷川　日本ではありえない。

申　韓国では政治家の悪口を言うのに、「あいつは詩を一行も知らない」と言ったりしますが、これはたいへんな侮辱です。

司会　李明博《イミョンバク》大統領（当時）も、「詩を知らない大統領」と言われているそうですね。

谷川　日本で「野田首相（当時）は詩のわからない人だ」と言っても、ピンとこないんじゃないですかね。現実に、韓国の政治家は現代詩を読むんでしょうか。

申　詩を読む政治家はたくさんいます。

谷川　日本では短歌、俳句という伝統詩が強力で、現代詩は数十分の一。政治家が死ぬときの辞世の言葉も、たいていは短歌や俳句の形で残しますね。

申　韓国では選挙運動のときに、有権者に詩集を配ったりすることもあります。

谷川　それはいいですね。ぼくの詩集も配ってほしいな（笑）。大統領選でも、応援してくれと言われるんですか？

申　選挙の応援に行く詩人もたくさんいます。

谷川　日本の詩人なら、そんなの恥だと思って断りますね。

申　ぼくも、たいてい断ります。

谷川　日本では詩人というのはあまり認められてなくて、むしろ文化人として認められるようです。ぼくも詩人というよりは、メディアに出ている文化人として意見を求められることが多い。

申　韓国では、〈文化人〉より〈詩人〉のほうが力があります。

谷川　小説家より詩人が上ですか？

申　そうでもないです。

谷川　日本ではテレビCMに詩が使われたりすることがありますが、韓国でも詩が商業的に使われることがありますか？

申　あります。

谷川　日本では現代詩が希薄になり、広がっていっているようです。人々はポップスの歌詞や連続ドラマなどにポエジーを感じ、詩を読まなくなってきているのではないかと思います。

申　韓国も同様ですね。

谷川　アニメはさかんですか？

申　詩人がアニメーションの制作にかかわることもあるし、テレビのCMに詩が使われることもあります。

谷川　絵や写真など他のジャンルとコラボレーションする場合もありますか？

申　よくやります。

谷川　日本の詩人より、韓国の詩人のほうがお金持ちなんじゃないですか？

申　詩人にくれる文学賞も多いし、金額も大きいんですよ。五千万ウォン（二〇一四年十二月二十七日の為替レートで約五百四十七万円）ぐらいの文学賞はざらだし、二億ウォン（同、約二千二百万円）の文学賞をもらったこともあります。

日本の詩人はどんな職業についているんでしょう？

谷川　大学の先生とか、アカデミックな職業が多いですね。高校の先生もいるし、まあいろいろ。ぼくの友達は、民芸店を経営してます。

申さん、ふだん、食事はどうしてますか？

申　外食もするし、家で自分で作ったりもします。料理というほどのものではなく、ただ、食べるものを作るという感じ。

谷川　登山がお好きだそうですね？

申　山が好きです。来年ぐらい、またヒマラヤに行きたいですね。三年前にアンナプルナに登りました。

司会　ご年配の詩人や小説家の方々が十二人でヒマラヤに登るのに、シェルパを二十人雇ったらしいですよ。

谷川　やっぱり韓国の詩人はお金持ちです。

朗読

「**冬の夜**」（五十四ページ参照）

谷川　ここに描写されているのは、現実のことと思っていいんでしょうか。

申　当時の現実です。

「**さすらいびとの唄**」（六十ページ参照）

谷川　これを読んでぼくは、自分が若いときに書いた「かなしみ」（三十六ページ参照）という詩を思い出しました。

申　ぼくも谷川さんの「かなしみ」を読んで、発想が似ているので驚きもしたし、また異国の詩人の詩に、自分の作品と共通したものを発見してうれしかったです。

「**ラクダ**」（六十二ページ参照）

谷川　これ、いい詩だねえ。すごくいいと思う。アメリカ西部の荒地に行かれたことはありますか。

申　ありません。

谷川　ぼくはこれを読んで、なぜかアメリカの荒地を連想しました。

「二十億光年の孤独」（三十四ページ参照）

申　この詩は軽快でありながらペーソスを感じさせます。

谷川　ぼくは一人っ子だったので、人間関係の中で自分を発見するよりも、自分の置かれた空間の中で座標を決めようという傾向がありました。人間関係の中で感じる喜怒哀楽とは違ったかなしみやさびしさを、若いときに感じていたのかもしれません。

申　そうですね、人間関係を超えた、もっと根源的なところでのペーソスを感じました。

「かなしみ」（三十六ページ参照）

申　詩人が感じることというのは似ているのだなあと思いました。

「ほん」（三十八ページ参照）

申　これは好きな詩です。

谷川　「ほん」は全部ひらがなで書かれていますが、申さんは漢字は使いますか？

申　以前はハングルの後に（　）で漢字を入れたりもしていました。今、漢字を使わなくなったのは、漢字が入ると本が売れなくなると言って出版社がいやがるからです。名前だけでも漢字にしたいのですが、漢字が入ると読者が読めないといって出版社が反対します。

谷川　体制から強制されて漢字を使わなくなったのかと思ったら、出版社の意向なんですね。申さんは、七十七歳で童詩を書き始められたそうですが？

申　もっと前から書いていたんですけど、発表する場がなかったので。最近はよく書いています。

谷川　ぼくは詩を書き始めた十八、九の頃から並行して子どものための詩も書いていましたが、これは主として経済的な理由です。日本では児童文学の本は売れるんです。

申　「ほん」という詩は一見やさしいように見えて、内容はとても深い。環境運動をやっている人たちが読んだら、自分たちの言いたいことが書かれていると感じるかもしれません。

谷川　ぼくは紙をたくさん使うことに、どこか罪悪感があるんです。

「**自己紹介**」（四十ページ参照）

申　この詩を読んで自分と似ていると思いましたが、ぼくは幸い禿げてはいません（笑）。

谷川　くやしいです（笑）。

申　とてもおもしろく読ませていただきました。

谷川　申さんのところも、郵便物がたくさん来るでしょう？

申　ぼくはアパート暮らしなので、郵便受けに郵便が入りきらず、配達の人を困らせています。

谷川　ぼくは郵便物がたくさん来るので部屋に直結する大きな郵便受けを作ったんですが、ある日、そこから小学生が泥棒に入ったんですよ。

申　谷川さんは息子さんと娘さん一人ずつだそうですが、ぼくは息子二人と娘一人、孫は二人です。犬や猫もいません。

谷川　その点でも似てますね。

最後にひとこと

申　谷川さんの朗読を聞いて、日本語も美しいなと思いました。せっかくの機会なので、これから勉強して日本語でも詩の朗読ができるようにしたいです。谷川さんには初めてお会いしましたが、純真無垢で、子どものような清潔な詩人だと思いました。

谷川　外国の詩祭なんかに参加してもあまり個人的なおつきあいはできないことが多いのですが、今日こうして対談してみて、詩人は一対一で話すのがいちばんいいと思いました。

申　ぼくも、外国の詩人と対談したのは初めてです。

谷川　時間が短くて残念ですが、やはり生の声を聞くのは、文字で見るのと全然違いますね。いい経験をさせていただいてありがとうございました。お互い身体に気をつけましょうね。高い山から落っこちないようにしてください。

申　気をつけます。

2013
타로와 신경림,
의 특별대담
향 1F 로비 진행 | 박숙경 (아동문학 평론가, 번역가)

対談II

韓国・パジュ篇

日時：二〇一三年九月二十九日
場所：韓国坡州《パジュ》市　紙之郷《チジヒャン》ホテル一階ロビー
対談：谷川俊太郎（以下、谷川）　申庚林（以下、申）
司会：朴淑慶《パクスッキョン》（児童文学評論家、以下、司会）

パジュでの再会

司会　以前、申庚林さんの訳詩集『ラクダに乗って』（クオン、二〇一二）の出版を記念して東京で対談されたということですが、再会の感想をお聞かせ願えますか。

申　昨年、谷川さんと話をして、非常におもしろかったし、楽しかったです。お互い、言葉は違っても考えることは似ているのではないかという気がしました。今日もまた対談できるということで、楽しみにして来ました。

谷川　『ラクダに乗って』が、すごくいいんですね。翻訳がいいの。ぼくは申さんよりちょっと年上だけど、申さんはよく山登りをしてるんでしょう。ぼくよりずっと若いですね。

申　谷川さんも相変わらずお若い。

谷川　ぼくね、去年、親しい友達が二人続けて死んだの。ショックでした。それで今日は、老いについても話ができればと思います。

申　私も身近な人がたくさん亡くなりました。老いについて考えることが多いから、話したいですね。

老いるということ

司会　谷川さんは老人ホームの園歌*の作詞もなさったそうですが。

谷川　二つか三つ作ってるんですけど、初めて書いたのはぼくが五十歳ぐらいで、まだ自分が老人じゃない頃でした。老人の気持ちもよくわからないし、老人ホームでどういうふうに歌うのか、わからなかったから、お経をお手本にしました。

申　老人でなかったから、かえってうまく書けたんじゃないですか。

谷川　いや、あんまりうまく書けなかったんだけど。

申　実際に老人になってみると、老人の気持ちなんか書きたくもない。

谷川　ぼくは老人が大好きで、「老い」をテーマにして書くのも好きです。

子どもの心

司会　今回、韓国で谷川さんの絵本『ワッハワッハハイのぼうけん』と『ここからどこかへ』が出版されました。子どもと老人は通じるものがあるんでしょうね？

申　年を重ねると、逆に子どもの気持ちがわかってくるような気がするし、もっと理解したくて童詩（子ども向けの詩）を書いてます。

＊老人ホームの園歌
「楽寿の園」という施設のために書かれた「いきとしいけるものはみな」の一番の歌詞は次の通り。「いきとしいける　ものはみな／ひとついのちを　いとおしむ／ひとのなさけは　ふかくとも／おのれはついにひとりなり（…）」
（『谷川俊太郎校歌歌詞集ひとりひとりすっくと立って』（澪標、二〇〇八）

司会　谷川さんは若い頃から子ども向けの詩や歌の歌詞をたくさんお書きになってらっしゃいますが、最初のきっかけは何ですか？

谷川　お金ですね（笑）。子どもの本のマーケットって広いんですよ。だから子どものための詩やお話を書いて原稿料をもらうようになったのが、直接のきっかけです。

司会　でも、自分の気質に合わなければそんなに長く書き続けることはできないし、読者にも愛されないでしょう？

谷川　人間の年齢を、ぼくは木の年輪のイメージでとらえています。木は中心にゼロ歳の年輪があって、だんだん外側に年輪を重ねますよね。一番外側が現在の年齢ですが、年寄りである自分の奥には、ちゃんと子どもの自分、生まれた瞬間の自分もいて、抑圧しなければ、その子どもが飛び出せると考えています。日本に「二度童子《わらし》」という言葉があって、人間は年を取ると子どもに戻るという意味ですが、韓国に似たような言葉はありますか？

申　韓国でも「年を取ると子どもになる」と言います。年を取ると子どものときの悪い癖がまた出てきたり、子どもみたいに単純になったり。私も年を取ってからむしろ子どもっぽくなって、子どもの頃のこともよく思い出すし、子どもの気持ちで詩を書きたい気がします。

司会　日本でも、還暦のお祝いで子どもみたいな服を着て踊りますか？

谷川　還暦に踊るというのは知りませんね。赤い服を着る風習はあります。

申　韓国では還暦の祝いにセクトンチョゴリ*を着て踊り、子どもに返ったということを表現しました。今は九十歳ぐらいにならないと、還暦という感じはしませんけど。

谷川　年取ってきたら子どもの身になって書くほうが楽なんですよ。大人の持っているしちめんどくさい論理とか観念性とかが邪魔になってくるんです。生きることの基本に戻ると、子どもに近づいてくる気がします。

司会　谷川さんが作詞された鉄腕アトムの主題歌は韓国でも有名です。

谷川　アトムの特徴をいろいろ並べて歌詞を書いたんですけど、曲が先にあって、それに言葉を当てはめて、うまく当てはまらないところを「ラララ」にしたんです。

申　曲より歌詞のほうがいいですね。

谷川　アトムは手塚さんの作品だから、歌もオリジナルという気がしません。ただ、ぼくは歌は好きで、息子（賢作氏）がピアニストなんで、ときどきこういう場所で一緒に歌うんですけど、アトムをバラード風にゆっくり感情をこめて歌うととてもきれいな歌になるんです。歌詞がいいと言ってくれたけど、曲もいいんですよ。

　ところで、韓国の子どもたちは詩を読みますか？

申　子どもというより、詩の好きなお母さんたちが詩集を買い与えて読ませるんですね。

***セクトンチョゴリ**
子ども用の民族衣装。五色の布を継ぎ合わせた派手な袖が付いている

司会　学校でも申さんの詩を教えるでしょう?

申　うちの孫娘（息子の長女）は小学校三年生ですが、母親がたくさん童詩集を買ってあげても、ちっとも読みません。おじいさんの詩も知りませんよ（笑）。

司会　申さんの童詩を見ると、孫娘さんに対する気持ちがよく表れていますね。孫娘さんのことを心配したり、孫娘さんが語り手になってたり。

申　将来、著作権を主張するのではないかと心配です（笑）。

谷川　今、おいくつですか?

申　（数えで）十一歳ぐらいですかね。

谷川　ぼくの孫娘は数日前に結婚しちゃったんです。

申　おめでとうございます。

谷川　だからぼくは、ひいおじいさんになる危険にさらされているんですよ（笑）。教科書に載っていると、子どもたちは読むんじゃないですか?

申　孫（娘の長男）に聞くと、教科書に詩が載っている詩人の詩は、かえって読まないらしいです。絶対おもしろくないはずだから……（笑）。おじいさんの詩集は教科書に載って損をしてると言っています。本当かどうか知りませんが。

谷川　ぼくの子どもたちも、大人になるまでぼくの詩は読んでなかったですね。うちの息子は音楽家志望で、高校も行かなくなってピアノを弾きながら曲を作っていました。作曲をしているうち歌の注文が来たらしく、手近にぼくの詩があったから曲をつけて歌を作ったのが、歌を一緒に作るようになったきっかけです。あんまり小さいときに親や祖父の詩なんか読まないいんじゃないでしょうか。詩的な資質を受け継いでいれば、大人になってから読むだろうと思います。

申　子どもや孫たちが私の詩を読むのを見たことがありませんが、身内が書いた詩は読みたくないんでしょう。孫が（学校で）いちばん好きな詩人の名前を書かされたとき、私の名前を書いたそうです。でもほんとうに好きなのではなく、点数を稼ごうと思って書いたらしい（笑）。

司会　詩の創作と、ご自分の童心は、どういう関係にありますか？

谷川　詩人は自分が五十歳でも、五歳の子どもになって考えることもできるし、六十歳にもなれると思っています。書くものの中で、いくらでも変身できるんです。

司会　言葉づかいはどうしますか？

谷川　日本語の場合、難しい漢字や抽象的な漢語は使わないで、なるべくやまとことばを使うようにしています。

申　今の韓国では漢字は使いませんが、漢字語をすべてなくすことは不可能です。北朝鮮で漢字語は固有語に言い換えるという方針を打ち出したことがありますが、無理なんですね。結局、漢字は使わなくとも漢字語は使っています。それが限界でしょう。

司会　子どもの詩を書かれるのに伝承童謡の影響はありますか？

谷川　たいへん影響されています。ぼくは子どもの頃、わらべうたを歌って遊んだ世代です。しかし今の若い世代はわらべうたを歌いません。ぼくは一九七〇年代に英語圏の伝承童謡であるマザー・グースを訳して出版したら、百万部売れました。日本のわらべうたは人気がないのに、どうして外国の童謡が売れるのか、ちっとも理解できませんでしたね。それで、新しいわらべうたが必要なのではないかと思ったんです。結局、子どもたちは創作した新しいわらべうたは歌ってくれませんでしたが、「鉄腕アトム」が新しい童謡になったんじゃないでしょうか。

ポエムとポエジー

司会　現代の子どもたちの遊びや生活、そして詩や歌についてお考えになったことはありますか？

谷川　日本では詩が他のジャンルに拡散しているという印象を持っています。日本語の詩という言葉にはポエム（詩作品）とポエジー（詩情）という二重の意味があるんですが、ポエムは衰えても、現代人はますますポエジーを必要としているという感じがします。今、日本は「クール・ジャパン」というプロジェクトでゲームやマンガやファッションを輸出しようとしていますけれど、そんなものの中にまでポエジーが入ってきていて、逆にポエムのほうが軽視され、成立しにくくなっているようです。

申　去年日本に行って感じたことですが、日本は詩集が売れないとはいうけれど、詩の精神、詩情が生活のすみずみにまで浸透しているのだという印象を受けました。住宅街の中にある宿舎に泊まって毎朝近所を散歩したんですが、普通の民家などの佇まいを見ても、花を植えたりしてそれぞれきれいに整えられていましたよ。生活そのものが詩的です。今の日本を支えているのは、美しいもの、真摯なものを追求する詩の精神ではないかと思いました。

谷川　現代は基本的にデジタル化された時代ですよね。その対極にあるのがアナログで、アナログの極端なものが詩でしょう。デジタル時代の人たちは知らず知らずのうちに詩を求めているという気がするのね。コンピューターのゲームで遊んでいても、どこかでアナログ的なものに憧れているところがあるのではないかな。それが自然との接触であったり友情であったりするんだろうけど、ポエムという形ではなくとも、詩情を必要とし続けることは確かだと思います。

申　詩が全世界的に退潮傾向にあるとはいえ、詩はアナログの最後の砦《とりで》ですから、絶対になくならないだろうと思います。日本のアニメーションが世界的に人気があるのは、その中にポエジーがあるからです。

質疑応答

Q１　**自分が何かを思いついたと思っても、他の人がすでに同じようなことを考えていたことがわかって、がっかりすることがあります。**

谷川　ほとんどのことはもう言われちゃってるんですね。新しいものを作ろうとは、考えないでもいいんじゃないでしょうか。ぼくは、世界全体を多様性の中での棲み分けというふうに考えたいんです。誰が偉くて誰がだめだとか、これが上だとか下だとかいう考え方はやめて。多数の中で自分だけが突出しているようなオリジナリティーがなくてはならないとは思わないで。動物は自然界の中で利口に棲み分けして食物連鎖の中で自分の生活を守っていますよね。そういうふうに人間も生きていければいいなと思います。だから、誰かに先を越されてしまったと思っても、自分がそこに新しいものを付け加えるのだと思えばいいんじゃないですか。

申　ぼくもそんな経験をいっぱいしましたが、そういうときは絶望するほかはないですね。解決策にはならないでしょうけれど、ぼくの場合は、三、四年ほど詩を読まないようにしていた時期があります。特に同時代の作品は読みませんでした。今はそんなことにあまり気を遣いません。

Q2　うちの息子が詩人になりたいと言っています（歓声と拍手）。**詩集が売れない時代ですから、母親としては、やはり心配です。**

谷川　よく聞かれることです。やめろよ、というのが簡単なんですけど、それじゃ夢をつぶしてしまいますからね。少なくとも詩以外で収入を得て生活できるようにしてから詩を書いても遅くないんじゃないでしょうか（笑）。それと、詩を書くにはどんな経験も役に立つんですよ。いろんな職業を転々として作家になった人の話もよく聞くし、絶対に無駄にならないから、ある程度お金をもうけて、同時に詩を書くのがいいと思います（笑、拍手）。

申　私もこういう質問を受けるたびに悩みます。私が詩を書いて生きていくと言ったとき、父は気絶しそうになりました。亡くなるまで仲が悪かったですね。どのみち詩で食べていくことはできませんから、他の仕事で生計を立てられるようにするのがいいでしょう。それに、もと詩人志望だった人が他の分野で成功した例はたくさんあります。放送局の有名プロデューサーの中にも、詩を書いていた人たちがいますよ。

Q3　どういうところからインスピレーションを受けて詩を書きますか。

申　ふだんの生活の中から思いついたことを素材にして書くことが多いですね。

谷川　ぼくの場合は知識とか情報ではなく、意識の下にある無意識、あるいは潜在意識から、意味のわからないもやもやした言葉がぽこっと出てくるのが始まりです。その一行をコンピューターの画面で見ると、そこから第三者的な意識が働き始めます。その後、何度も推敲《すいこう》したりするときは意識も総動員しますけれど、最初は自分でも思いがけないところから思いがけない言葉が出てくるというのが、一番いい詩の書き方のように思っています。

Q4　どういうときにご自身が詩人だとお感じになりますか。

申　自分の詩が初めて活字になったとき、ああ、自分は詩人になったなんだなと思いました。一人で詩を書いて、誰も読んでくれないときには詩人という気はしませんでした。詩人というのは他の誰かが読んでくれるときに成立するものではないかと思いますね。

谷川　まったくその通りなんですけど、逆の話をすると、ぼくの場合、好きだった女性に「人でなし」と言われたとき、ああ、俺は詩人なんだ、と思いました（笑）。詩人は人間の生活に根を下ろして生きていかなければいけない反面、どこか反‐人間的なところ、冷酷な部分も必要なのだろうと思います。ぼくの結婚生活に、詩がたいへんな障害物になっていたことがあるんですよ。

申　詩が結婚生活の障害になったのは、私も同じです（笑）。

Q5　人生の先輩として大切なことを一つの単語で伝えるとすれば、どんな言葉を選びますか。

谷川　あ、い。「愛」。

申　私は「夢」。

最後に

谷川　申さんとぼくは生まれも育ちもずいぶん違うんだけど、申さんの詩が具体的なリアリティを持っているというところがすごく好きです。これは日本の現代詩のほとんどに欠けているものです。

申　谷川さんの詩には子どものように純真無垢な心がにじみ出ています。そういう純真さが無限の想像力を刺激しているのでしょう。

以前は、詩は若い人が書くものだと言われていましたよね。あれ、ワーズワースから来たんだそうです。ワーズワースの研究者が、ワーズワースは三十九歳までいい詩を書いたけど、その後は駄作ばかりだから、三十九で死んでくれたら良かったのに、と書いたために、詩は若いときに書くものだと言われ出したそうです。でもこれは西洋的な考えで、杜甫《とほ》なんかは六十過ぎても傑作をたくさん書いています。今は年を取ってもいい詩を書く人はたくさんいますよ。だから皆さんも、老いた詩人を応援してください。

谷川　オレ、どんどん詩がうまくなってると思ってるんだけど。若いときからずっといい詩書いてると思ってますけど（笑、歓声と拍手）。

エッセイ

申庚林
『阿呆どうしは顔さえ合わせりゃ浮かれ出す』より

口いっぱいのチョーク

1

小学校に関して最も古い記憶は、七歳で叔母に連れられて学校に行ったことだ。近所に住む二つ上の友達が学校に通うのを見て、自分も学校にやってくれと駄々をこねたのだ。ぼくは叔母と一緒に一年生の担任に会ったけれど、背が低いという理由で入学させてもらえなかった。ぼくは明くる年に入学し、そのときの先生が担任する〈マツグミ（松組）〉*になった。その年に初めて一年生を二クラス募集したのだが、ぼくと同じ年齢の子は〈マツグミ〉、それより大きい子たちは〈タケグミ（竹組）〉に編成された。

背の低いぼくは最前列に座らされ、毎時間先生に指名されて質問に答えた。先生がやたらと褒めてくれるから、ぼくはすぐに勉強のできる子だと噂されるようになった。

***〈マツグミ（松組）〉** 当時朝鮮の学校では日本語が使用されていたため、筆者は日本語をそのままハングルで表記している

しかし後でわかってみると、それは先生のえこひいきだった。それがどうして駄目になったのかは知る由もないけれども、当時、担任の先生とぼくの叔母との間に縁談が持ち上がっていたらしい。先生は放課後こっそりとぼくを呼んで、叔母の近況を尋ねたりしていた。

ぼくが年末の学芸会で一年生がやるお芝居の主役に抜擢《ばってき》されたのも、ひょっとすると叔母のおかげだったのかもしれない。ネズミの兵隊たちが食べものを持って移動するのにことごとく失敗したのに、一番年下の主役は荷物を頭に載せて運んだおかげで運搬に成功するという内容の芝居だった。ぼくが主役に選ばれたのだが、練習のときはちゃんとできていたのが、いざ当日の舞台では緊張のあまり小道具を頭に載せず手に持って舞台を横切ってしまったから、父兄席は大爆笑だった。〈タケグミ〉の担任は日本人の女の先生だった。金鉱技師だった夫は、彼女が教師になって少しすると戦争に召集された。先生は、学校では韓国語を使うことが厳しく禁じられていたのに、父兄が訪ねて来ると腰を九〇度にかがめて「アンニョンハシムニカ」と韓国語で挨拶する、小柄な女性だった。ある日、ぼくをはじめとして同じクラスの子が何人か韓国語を使って校長に見つかり、口にチョークをぎっしりくわえさせられて廊下に座らされるという罰を受けた。通りがかりにぼくたちを見たその先生は、仰天した。「まあ、喉に落ちでもしたら、どうするの！」。彼女が日本人でなかったなら、ぼくたちはまた別の罰を与えられたかもしれない。

　ある日、〈タケグミ〉の級長の後について金鉱事務所のある上の村まで行き、先生の住む、ブリキで屋根をふいた二階建ての社宅を遠くから見物したことがある。先生はぼくたちに気づいて、部屋に招待してくれた。座布団に座り、日本のお茶とお菓子を御馳走になった。ぼくより四つも年上の〈タケグミ〉の級長は、どこから手に入れたのか、〈江原道《えはらみち》〉という名の、その先生の写真をいつもズボンのポケットに入れていた。

　先生はぼくたちが二年生に進級した春、日本に帰った。当日は全校生が小川のほとりまで見送り、級長がトランクを持って峠を越えた二十里先のバス停まで送って行った。ぼくが彼女の名を覚えているのは、ぼくのうちに来た手紙の差出人の住所に〈江《カン》原道《ウォンド》〉*とあるのを見た級長が、「先生の名前だあ……」といって泣きじゃくっていたことが忘れられないからだ。

　このほかに小学校のときの古い記憶としては、友達のことが思い出される。学校はうちから田んぼや畑を十個以上隔てた所にあり、裏門が市場の路地に直結していた。その裏門から出るとすぐ雑貨屋で、さらに七、八軒の家の横を通り過ぎれば、酒幕《チュマク》や食堂が向かい合ってぎっしり並んでいる所に出た。雑貨屋や酒幕や食堂の息子は、みんな同じクラスだったから、ぼくたちは放課後になると一緒に遊んだ。食堂の子につ

***江原道《カンウォンド》**
地名。〈道〉は韓国の行政区域の一つで、日本の〈県〉のようなもの

いて行くと、いつもきれいに着飾っているお母さんが、ほかほかのピンデトック*を御馳走してくれた。その子はわんぱく者として知られ、たいていの子と喧嘩をしたことがあったけれど、ぼくとは喧嘩をしなかった。ぼくが小さくて、先生に可愛がられているから大目に見てくれていたのだ。

ぼくたちの中でいちばんの年長は酒幕の子で、子どもはどうやって生まれるのかなどという大人の世界に通じていたため、自然とぼくたちの大将になった。それに続いて右側の路地の油屋の子、うどん屋の子まで仲間に加わり、ぼくたちはメンコやビー玉が手に入ると、当然のように酒幕の子にも献上した。それでもぼくは、その子からもらった物のほうがはるかに多い。彼のポケットはいつもカンテラ*の締め具や、何かの機械の部品である鉄球などでいっぱいで、ちょうだいと言えばすぐくれたから、ぼくの引き出しもそんなガラクタでいっぱいになった。

その頃、当局が堆肥《たいひ》増産に力を入れていたのだろう。ある日校長先生は、なぜわれわれがたくさん草を刈って堆肥を増産すべきかを朝礼で力説し、次の月曜までに草刈りをして学校に持ってくるよう生徒たちに命じた。ぼくたちは草刈りの場所について相談し、日曜日に弁当持参でヨンダン峠に行くことにした。これもやはり酒幕の子の提案だった。峠のてっぺんに葦がたくさん生えているのを知っているのは彼だけだった。

***ピンデトック** チヂミの一種

***カンテラ** 携帯用のランプ

それは十里ほど離れたところだったから弁当を持って行ったが、すぐお昼時になってしまい、担《かつ》げるだけの草をあたふたと刈って下りてくる頃には晩秋の日がもう翳《かげ》りはじめていた。次の日、ぼくたちは自慢げに山のような葦を背負って登校し、名前を呼ばれて前に進み出た。校長先生は、堆肥のためにこうして遠くまで出かけて草を刈ってきた生徒たちがいるのは誇らしいことだと賞讃し、みんなこの子たちを見習えと言ったから、ぼくたちは得意顔だった。しかしそれも束の間、教室に戻ったぼくたちは担任から頭をげんこつで一回ずつ小突かれ、今度そんな馬鹿なことをしたら許さないと言われた。ぼくはこのことで三日ほど、ひどく落ち込んだ。

2

解放*前、ぼくがいちばん苦労したのは、お正月だったような気がする。当局は正月を二度祝うことを防ぐという名目で、旧正月の祝いを徹底的に排除しようとしたけれど、わが一族は頑《かたく》なに旧正月を祝った。茶礼《チャレ》*の儀式をする親戚の家が五軒もあったから、ぼくたちは正月になると明け方早く起きなければならなかった。やっとのことで目を覚まして慌ただしく顔を洗って晴れ着に着替え、父の後について最初に茶礼をする本家に駆けつけると、堂叔《タンスク》*たちは白いトゥルマギ*を着てカンテラの明かりの下に集

＊解放
日本が戦争に負け、朝鮮が日本の植民地支配から解放された一九四五年八月十五日のこと

＊茶礼
各家庭で行われる祖先の祭祀。早朝に行われる

＊堂叔
父の従兄弟

＊トゥルマギ
民族服の外套

まっていた。
大堂叔《クンタンスク》*にせかされ小言を言われつつ茶礼が終わると、堂叔たちは輪になって座り、飲福《ウムポク》*をし、トックㇰ*を食べた。そうしている間に、誰が何をして捕まったとか、誰がどのように睨まれて徴用されたなどの噂が行き交った。堂叔の中には面*の書記や区長もいた。ぼくの父は金融組合（現在の農協）の書記だった。交わす言葉の中には、こんなふうに逃げ隠れしてまで茶礼をする必要があるのか、という不満も混じっていたものの、そんな様子に気づくたび、大堂叔は激昂した。「つべこべ言うんじゃない。そんなに怖ければ新正月でやれ。ああ、光州学生事件*があってから、一度も公の場に出て来ない従孫《チョンソン》*たちもいるというのに、これしきのことで何をそんなに大儀がっているんだ」。頑固な彼に抵抗できる者は、一人としていなかった。

　五軒の家を回って茶礼を全部終える頃には太陽が昇って登校時間になり、ぼくはおばあさんから「陰暦の正月を祝ったことは、決して学校で話してはいけないよ」と言い聞かされつつ、晴れ着から普段着に着替えるのだった。それなのに、うちでは解放以後は新正月を祝うようになった。大堂叔の、「新正月を祝うのが正しいとはわかっているが、風習を変えるにしても、自分たちで変えなければ。どうしてウェノム*たちに強制されて変えなきゃならんのだ！」という論理に従ったのである。大堂叔は、解放までは切れと言われても絶対に切らなかったサントゥ*も、解放の日にばっさり切り

＊大堂叔
堂叔のうち、最年長の人

＊飲福
祭祀が終わってから、参列者が供え物をいただくこと

＊トックㇰ
うるち米の粉で作った餅入りスープ

＊面
行政区画の一つ。郡の下、里の上

＊光州学生事件
一九二九年十一月、全羅南道光州で起こった朝鮮人学生による大規模な民族運動

＊従孫
兄弟の孫

＊ウェ（倭）ノム
倭は日本、ノムは〈奴《やつ》〉の意。ウェノムは日本人の蔑称

＊サントゥ
結婚した男が結っていたまげ

落としてしまった。俺のサントゥは俺が切る。ウェノムたちに切られたくはない、という意地であった。

しかしぼくは、おばあさんの言いつけを守りきれなかった。洋服の上着に干し柿や茶食《タシク》*なんかを入れて行き、隣の席の子に自慢していて、担任の先生に見つかったのだ。外地帰りの、元の姓は張《チャン》で、日本式の姓をシゲミツという担任は背が高くオルガンが上手だったが、やることはいい加減で、そのくせ生徒のやることには容赦がなかった。たとえば、韓国語をしゃべっていて彼に見つかると、必ず片足跳びで運動場を二、三周する罰を与えられた。

その日ぼくは職員室に連れて行かれ、責め立てられるまでもなく、うちが旧正月を祝っているということを白状し、廊下で二時間正座するという罰を受けた。ぼくは身体が弱いために重罰を免れたのだ。このことは駐在所に通報されたものの、駐在所の主任と、面書記をしている堂叔が親しかったために揉み消されたと、後になって聞いた。

解放前のことで覚えているのは、三年生のとき、若い女の先生が担任になったことだ。この先生は学校を出たばかりで、子どもたちが騒ぐと鞭《むち》で教卓をたたきながら泣いた。国語の時間に童話を読んだりするのが好きだった。彼女が読んでくれた童話の中に、鉄道に乗って宇宙を走るというような話があったが、おそらく宮沢賢治の『銀

***茶食**
伝統的なお菓子の一種

河鉄道の夜』だったのだろう。童詩もときどき読んでくれた。誰の詩なのかわからないけれど、「触る両手に朝の露」という一節は、今でも忘れられない。また、彼女は授業が終わった後、よくぼくたちを連れて小川のほとりや山に出かけたし、コムシン*屋に隣接する自分の下宿にもよく連れて行ってくれた。

もっとも印象に残っているのは、ぼくたちが米を持ち寄って先生のためにシルトック*を作ってあげたことだ。酒幕の子のアイデアで、自分たちでは作れないから食堂をやっている友達のお母さんに頼んで作ってもらった。よく覚えていないが、先生の誕生日か、何かの記念日だったのだろう。先生は涙を浮かべて喜んだけれど、一年もしないうちに学校を辞めてしまった。

後に聞いた話では、日本名を〈ワジマ〉という朝鮮人の巡査が彼女の弱みを握ってつきまとうので、逃げるように出て行ったということだ。「朝鮮人の方がひどいんだよ。ワジマよりひどい日本人の巡査がいるもんかね」。皆はそう囁《ささや》いていた。解放されてすぐ、村の人たちはまっさきにワジマ巡査の家を壊し、家財道具を引っ張り出して火をつけ、殴りつけた。学校の近くに住んでいたぼくたちも大人たちに交じって、外に投げ出されていた机や食器、服などを壊したり破いたり踏んづけたりした。

***コムシン** ゴム製の履物

***シルトック** 米の粉を蒸して作る餅

つまらなくなった兵隊ごっこ

1

ぼくたちがいちばん好きだった遊びは兵隊ごっこではなかったかと思う。ぼくたちは何かというと二組に分かれ、片方は日本軍、もう片方は米英軍になり、棒の銃や棒の刀を振り回しながら丘を駆け下りた。筋書は決まっていて、最初はお互いに激しく戦い、最後には米英軍が無残な敗北を喫して倒れたり逃げたりして、日本軍が声高に「バンザイ」を叫んで幕を下ろすことになっていた。問題は、誰もが日本軍になりたがり、米英軍になりたがらないことだった。

だからジャンケンでどちらになるかを決めるのだが、ぼくはあるとき、負けて米英軍になったために、わんわん泣き出して家に逃げ帰ってしまった。日本軍がシンガポールを占領した記念として生徒全員にボールが配られたことも、ぼくたちをいっそう兵隊ごっこに熱中させる要因となった。ぼくたちは世界でいちばん強い日本が、遠からず中国はもちろんのこと、アメリカとイギリスに勝利するだろうということを少しも疑わなかったし、校長の訓辞でも毎日のようにこのことが強調された。ぼくたちのほとんどは、将来何になるのかと聞かれれば、ためらうことなく「兵隊さん」と答えた。

ぼくの記憶では、混乱し始めたのはその少し後だったようだ。故郷で強制的に軍事訓練を受けさせられていた青年たちが査閲を受ける日だった。校長や先生たちに引率され、村の前で隊列を組んで立っているぼくたちの前に、刀や銃を持った軍人たち十数人が牛の引く車に乗って現れた。退役下士官のように見受けられる一人の先生が刀を抜いて持ち、気をつけの姿勢で敬礼をし、校長の音頭で「テンノーヘイカ、バンザイ」を叫んだ。日本刀を持った口ヒゲの将校がかっこよくて、ぼくは涙を流さんばかりだった。しかし背がぼくと同じくらい小さく、いつもぼくの隣の席だったユン・ムングという子は「バンザイ」を叫ぶときにも、知らんふりをしていた。学校に戻ると、その子が囁いた。「誰にも言わないって約束したら、秘密を教えてやるぜ」。約束すると、その子は便所の裏にぼくを連れて行った。

「お前、日本がアメリカに負けるってこと知らないだろ。天皇陛下はこの国の王様じゃなくて、この国の王様は別にいるんだぞ」。彼はこの他にもいくつかの話をしたけれど、ぼくはどうしても信じられなかった。似たような話を堂叔や叔父からそれとなく聞かされたこともあったものの、日本が負けるとか天皇陛下がわが国の王様ではないとか、そんなにはっきり聞くのは初めてだった。ぼくは叔父に尋ねてみた。叔父は「どこで聞いた？　よそでそんなことしゃべったら、えらいことになるぞ」と言うだけで、それ以上語らなかった。それ以来、ぼくは兵隊ごっこがつまらなくなりだした。何が何でもジャンケンに勝って日本軍になりたいとも思わなくなり、米英軍になっても腹が立たなくなった。

その頃見た紙芝居と人形芝居の一つを、今でも覚えている。アメリカの飛行機から空襲を受けた住民たちが一致団結し、勇敢かつ懸命に闘うという内容だった。大学教授や金融組合の書記も出てくるのだが、もっとも勇敢なのはいつも愛国班長*だった。ぼくは父に、なぜ愛国班長にならないのかと聞いて、父をうろたえさせた。

芝居は独立戦争のために中国へ行った〈フテイセンジン（不《ふ》逞《てい》鮮人*）〉の人形がスパイになって帰って来るが、弟の説得によって過ちを悔い改め、天皇陛下のために身命を尽くすことを誓うという「愛国啓蒙劇（この原作が柳致真《ユチジン》〈一九〇五〜一九七四、劇作家〉の作だと知ったのは、一九五〇年代の中頃、この愛国啓蒙劇が反共啓蒙劇に化けて再上演されたときだ。独立運動をする「不逞鮮人」である兄をパルチザンに替え、日帝に忠実な弟を大韓民国に忠実な愛国青年に替えてそのまま舞台にかけ、金《キム》珖燮《グァンソプ》〈一九〇五〜一九七七、詩人〉らから批判された）」だった。この芝居を見てぼくはムングに「でも、あのスパイは悪いやつなんだろ？」と聞いた。すると彼はこう答えた。「いいや、あのスパイがほんとうはいい人なんだ」。ぼくはこのことを、誰にも話さなかった。

***愛国班長**
愛国班は内地の隣組に相当する組織

***フテイセンジン（不逞鮮人）**
不穏な思想を持った朝鮮人という意味で当時使われた言葉

ぼくの親戚に、勉強がよくできるという評判の、中学校の上級クラスに通うお兄さんがいた。彼の長兄がうちの父と同じ金融組合に勤めていたからか、家は峠一つ離れたところにあったのにもかかわらず、時々うちに遊びに来ていた。朝鮮戦争のとき、ソウル大学工学部の学生でありながら義勇軍に身を投じて北に行ってしまった彼がうちの母に言っていたことも、日帝時代のぼくの生活を語るときに欠かせないだろう。彼はいつも憤慨しながら校長先生の話をしていた。校長が日本軍に志願しろと圧力をかけてくるので、もう学校には行けないというのだ。校長は常日頃から厳しく、校内はもちろん、外で朝鮮語を話したことが耳に入っても容赦なく処罰するということだった。

自宅でも本人はもちろん妻や子どもたちにも朝鮮語はいっさい使わせず、キムチの代わりにタクアンを食べ、着物や履き物も日本式のものを用い、家には神棚があって毎朝家族全員で天皇の住む東の方角に向かってお辞儀をするという。「世の中が変われば、真っ先に殴り殺されるやつですよ」。

ぼくは、父に何かしゃべったのだろうか。ある夜、ぼくがうとうとしていると、父が母に話しているのが聞こえた。「あの子はなんで毎日遊びに来るのかね。もう来るなと言いなさい」。「自分から来るものを、来ちゃいけないなんて言えないでしょ」「子どもの前で妙なことを言うじゃないか。うちの子が真似して外でしゃべったら、どうする」。

真っ先に殴り殺されるはずだった校長は、解放後もピンピンしていた。ただちに罪を悔い改めて自決しろと要求する学生たちをなだめ、許しを得た彼は、パジチョゴリ*にコムシン*姿で歩き、日本語を使う学生たちを容赦なく処罰する国粋主義の校長に変身した。その後、米軍がやって来ると、英語力を生かして米軍の権力をバックに左翼教師を追放し、やがて能力が認められて道《どう》の学務局長になり、文教部次官に出世し、しまいには国会議員にまでなった。

*パジチョゴリ 男の民族服

*コムシン 民族服を着るときに履くゴム靴

2

戦争も末期になると、次第に暮らしにくくなった。朝鮮総督府は、食糧はもちろんのこと、少しでも戦争の役に立ちそうな物は、何でも奪った。ご飯も真鍮《しんちゅう》の器ではなく、木で作ったお茶碗で食べなければならなくなり、スプーンもお箸もすべて木でできたものに替わった。金属のスプーンを何本か隠し持っていた人が捕まったとか、誰かが叺《かます》一杯分の稲を土の中に埋めて隠しておいたのがばれて監獄に入ったとか、いろいろな噂が飛び交っていた。

学校もだんだん勉強を後回しにするようになった。努力奉仕だの何だのと言って毎日のように稲刈りや麦踏みや田植えをし、松笠やヤマナラシの木の実をもぎに行ったりした。生活必需品もなかなか手に入らなくなり、石油は姿を消してランプの代わりにエゴマの油を使う油皿が登場した。服もつぎはぎだらけのものしか着られなかった。ある夜、おばあさんが寝ていたぼくを起こして、水の入ったお椀を差し出したことがある。面事務所に通う堂叔の家に行ったら砂糖水を出してくれたのだが、自分一人で飲むのがしのびなく、ずうずうしいとは思いつつも持ち帰ったということだった。コムシンも買えなくなり、子どもの履き物はすべて下駄に統一された。ぼくたちは脱げやすい下駄を履き、縄をぐるぐる巻きにして作ったボールを蹴った。

おばあさんと叔父がやっていた製麺所も店を閉じた。うどんの注文も少なくなってきてはいたが、何よりも製麺機の金属が徴発されてしまったのだ。それだけでは済まなかった。徴用年齢であった叔父は、いったん山の中に逃げていたものの、しばらくして戻ってきた。駐在所の主任が、徴用の代わりに炭焼き小屋で働けるようにしてやると約束してくれたのだ。

おばあさんがインジョルミ*を作って駐在所の主任の家に挨拶に行ってみると、その奥さんが叔父のことを、礼儀正しく男前だと言ってとても褒めていたという。近所の人たちが、彼は優秀だから、このご時世にも遠いところへ徴用されずに近くの炭焼き小屋で働けることになったらしいと噂するのを聞いて、ぼくは内心叔父のことが誇らしかった。だからおばあさんがミルゲトック*を作って叔父に持っていくときは、い

＊インジョルミ きな粉や小豆の粉などをまぶした餅

＊ミルゲトック 小麦粉などをこねて薄く平らに伸ばし、小豆餡などを入れ四角く包んで蒸した餅

つもついていった。炭みたいに真っ黒な顔に目だけ光っている叔父が、同じように真っ黒な顔をした仲間の労働者たちを呼び、真っ黒な手でミルゲトックを一つずつ分け与えている姿が、このうえなく素敵に見えた。ぼくは友人たちに木炭で走る自動車の説明をし、叔父のしている仕事も〈ヘイタイサン〉と同様、大切なのだと自慢したものだ。友達三、四人ほどを連れて叔父を訪ねると、叔父は松の枝を折ってソンギトック*を作ってくれた。

日帝時代末期の思い出には、ある少女の姿が重なる。夏休み直前、解放のひと月ぐらい前に、ぼくたちの組に一人の女の子が編入された。色白でか細い子だった。東京に住んでいたのが、空襲を避けて両親と一緒に疎開してきた子だった。先生はその子を紹介してから、すぐに国語の教科書の一節を朗読させた。その子の声は身体と同様にか細かったけれど、透き通ってきれいだった。それから算数の時間にもその子は先生に質問されたし、音楽の時間にもまた立ち上がり、先生の命じるままに歌を歌った。初日からその子に魅了されたのは、ぼくだけではなかったはずだ。放課後、一人の子が、その子の家が自分の近所だからと、護衛するみたいに連れて帰ったとき、ぼくは彼が羨ましくてしかたがなかった。

その子は口数が少なかった。幸い、ぼくとは座席を一つ隔てただけだったけれど、誰が何を聞いても「そう」「ううん」としか答えないようだった。ぼくもずっと機会

***ソンギトック**　松の内皮の粉と米の粉を混ぜ、蒸して作った餅

を窺って、四日目ぐらいにようやくひと言聞いてみた。「東京って、すごく大きいんだろ?」。その子はしばらくぼくを見つめ、「うん」と言い、すぐに目をそむけてしまった。夏休みにぼくは近所の子どもたちを誘惑して、四キロも歩いてその子が住む村に行った。そのときまで一度も行ったことのない、高い山の麓にある村だった。ちょうどその村には叔母が住んでいたから、行けばマクワウリが食べられるというのが、ぼくが他の子を誘うのに使ったオトリだった。村に入るとすぐ、欅《けやき》の木の下で他の子といっしょに立っているその子の後ろ姿が見えた。「あれ、あの子、この近くに住んでるんだな」。意地の悪い友達が、餌を見つけた動物みたいに大声でその子の名を呼んだ。ぼくは急に、彼らと同じ仲間であるということを見られなくないような気がして後ろを向いて逃げ出し、このときのことでのちのちまでからかわれた。

朝鮮独立万歳とハングルの本

1

日本が戦争に負け、わが国が解放されたと知ったのは、八月十五日の翌日だ。夏休みも終盤に差しかかり、残暑が厳しかった。面《ミョン》事務所に勤める堂叔が朝早く訪ねてきて父とひそひそ話していたから、いったい何があったのだろうと思った。昼食時、酒幕の子が来て、興奮した顔で言った。「お前、知らないだろ。日本が米英に降伏したんだぞ」。日本がアメリカとイギリスに降伏したなんて、とうてい信じられなかった。この世に日本より強い国があるものか。その子はまた言った。「精米所の〈キンサン（金さん）〉が、天皇陛下がラジオに出て降伏すると言ったのを聞いたんだ」。下の村と上の村に分かれているうちの村には、ラジオと言えば精米所に一台あるきりで、そこの背の低い主人の姓は金《キム》だった。二人で一キロほど離れている山の麓の精米所にラジオを聞きに行くと、精米所の裏部屋はもう人であふれていた。

人々の間から覗いてみたものの、ラジオからはピーピーという雑音しか聞こえなかったから、ぼくたちは諦めて帰った。すると家には山で働いているはずの叔父が戻ってきていて、父と何か話していた。やがて面に通う堂叔が来て、大堂叔が呼んでいると言うので、父たちはそちらに出かけた。

市場からドラや鉦《かね》を鳴らす音、万歳を叫ぶ声が聞こえ始めたのは、夕闇の迫る頃だった。出かけていたおばあさんが、下駄が片方脱げるのにも気づかないほど慌てて帰って来ると、叫んだ。「出ておいで。万歳叫んで大騒ぎになってるの。人がいっぱいよ！」。再び走り出したおばあさんについて、ぼくも市場に駆けつけた。ほんとうに、市場は足の踏み場もないほど混雑していた。人々は見たことのない旗を手に持って、踊り狂いながら「朝鮮独立万歳！」を叫び、どこかを目指して歩いていた。すぐにぼくの仲間たちも集まってきて、その列の後に従った。人々が真っ先に向かったのは、警察の支署だった。

「殺せ！」「全部たたきつぶせ！」という声とともにガラスの割れる音やドアを破る音が聞こえた。支署の日本人の主任と韓国人であるワジマ巡査の社宅のドアや窓もめちゃくちゃに壊された。タンスや机が窓の外に投げ出され小麦粉や砂糖の袋、服なども玄関の前に積み上げられた。「ああ、俺たちは砂糖なんかこれっぽっちも食べられなかったのに、あいつらはこんなに蓄えていやがったんだ！」という痛嘆があちこちから聞こえ、誰かが服に火を放った。先頭が面事務所に向かうのを見ながら、今度はぼくたちが走って行ってワジマ巡査のうちの家具や食器を踏んづけた。

面事務所の前で父や叔父、堂叔たちを行列の中に見つけた。彼らも他の人たちと同じく手に旗を持っており、浮かれて踊りながら朝鮮独立万歳を叫んでいた。

ぼくがいちばん驚いたのは、笛が上手なので〈トゥンス*堂叔〉と呼んでいた堂叔だ。彼は列の先頭に立って鉦をたたきながら行列を率いていた。あいつは博打《ばくち》と酒と女しか知らないチンピラだと言って親戚中のつまはじきものだった堂叔が、ここでは大将になっていた。さらに驚いたことに、校長先生がずっとトゥンス堂叔の後について、汗をだらだら流しながら踊っていた。日本の天皇が住むという東の方角に向かって最

*トゥンス（洞簫）
尺八に似た笛

敬礼をするときや、天皇に忠誠を誓う「皇国臣民の誓詞」を唱えるときだけでなく、平素は笑顔などめったに見せない厳格な先生が「よっしゃ！」と叫び続けているのは、とてつもなく不思議なことだった。その日、大堂叔が父や叔父など親戚を家に呼んだのは、太極旗を描かせるためだったと、後になっておばあさんから聞いた。あんな時代にも大堂叔は太極旗をこっそり隠し持っていたと言って、おばあさんは感心していた。いつしか、あちこちから「白頭山が延びる半島三千里……」という愛国歌*（当時はこれを愛国歌と呼んでいた）が聞こえてきた。その歌詞も大堂叔の引き出しに隠してあったもので、それを叔父に渡して謄写版で印刷させ、皆に配らせたのだそうだ。

（中略）

解放後初めて学校に集まったぼくたちは、日差しの照りつける運動場に立たされ、一時間ほど校長の訓辞を聞いた。これからは学校でも家でも絶対に日本語を使ってはならない、わが国の文字はハングルで、世界で最も優れた文字である、我々が最初にすべきことはハングルを習うことだ、わが国は五百年の歴史を持つ偉大な国である、わが国の国花はムクゲで、日本の国花であるサクラとは比較にならないほど美しい、学校の運動場のサクラは全部切ってムクゲを植える……、そんな話だったように思う。ついひと月まえまで、「テンノーヘイカ」という言葉に気をつけの姿勢を取り、生徒が韓国語を使えば汚い言葉を聞いたみたいに顔をしかめていたのに、態度を急変させ

＊愛国歌
一九三一年「朝鮮の歌」として作られ、当時、事実上、朝鮮の〈国歌〉のような存在だった。現在の国歌とは別

た校長を変だと思った生徒は、いなかったようだ。

すぐ夏休みが終わり、新学期になると、すべての科目が中止され、国語だけを勉強する非常教育が始まった。全校生を一、二、三年生と四、五、六年生の二つに分け、間仕切りを取って広くした二つの教室に収容した。全校生が二学年に分けられたのだ。ハングルを教えられる先生が二人しかいなかったためらしい。ぼくは四年生だったから五、六年生といっしょに勉強することになった。幸い、以前の担任がハングルの先生だった。

数日間で基礎を終えた後、先生はその日に習った内容を黒板に書いて読める生徒は帰宅させ、読めない生徒は読めるまで居残らせることにした。ぼくは上級生を差し置いて、ほとんど毎日いちばん先に帰ることができた。ぼくの上達が早かったのは、目につくすべての物や木などに〈의자〉(椅子)、〈대추나무〉(ナツメの木)などとハングルで名前を書いて貼りつけた母や叔父の努力の賜物《たまもの》だった。おかげでぼくは二学年下の弟とともに、勉強のできる子として面《ミョン》で有名になった。

谷川俊太郎
『自伝風の断片』より

◉最初の日付

誕生、一九三一年一二月一五日。自ら択んだわけではなく、またその正確さをたしかめるすべもないこの日付に、しかし別に異論はない。むしろ気に入っていると云ってもいい。ベートーベンと同じ誕生日であるからである。（ベートーベンの誕生日については、一二月一六日説、一七日説もあるが、これらはいうまでもなく余りにもアカデミックな謬見《びゅうけん》にすぎない）

生れた場所は、東京信濃町の慶応病院、父は母の出産を待つ間、廊下でヨーヨーをしていたそうである。

私は帝王切開で生れた。帝王切開で生れた子は利口だが我慢強さに欠けるところがあると俗説にいう。信ずるに足る。加えて私は幼時、心臓弁膜症だった。短距離競走は選手だったが、マラソンは全く不得手であり、現在も大河小説だの、長篇叙事詩だのに野心をもち得ない。弁膜症はその後、中途半端な形で癒《なお》ってしまったらしいが。

◉祖父

母方の祖父が、初孫を欲しがらなかったら、私はこの世に存在しなかったかもしれない。父母は子どもなど要らないと思っていたようである。私がお腹にできた時も、はじめ生む気はなかったらしい。それなのに、生れるや否や母は赤ん坊に夢中になり、二月に汗疹《あせも》をつくって医者に笑われた。

私の生命の恩人である祖父は、政友会の代議士などをした人である。いつも妙な発明に金を出しては、だまされていた。京都府下淀町に、淀城の外濠に囲まれた大きな邸を構えていた。その家には一箇所、廊下が坂になってる所があった。そこを通る度に、何故か私はかすかな不安にとらえられた。

その家にはまた、土蔵がふたつあった。子どもだった私は、蔵の重い扉を力いっぱい引き開けるのが楽しかった。鼠返《ねずみがえ》しをまたいで中へ入ると、大きな籐《とう》椅子が天井から吊ってあった。

敗戦の年の夏から翌年秋まで、私は母とそこに疎開した。今は家も土地も人手に渡り、アパートが建っている。

◉お祈り

私は寝床に入る。天井の電灯が消され、暗闇の中で私はひとりぼっちになる。手を胸のうえに組み、私は〈お祈り〉を始める。

――火事になりませんように、地震がおこりませんように、泥棒が入りませんように、お父さんお母さんが死にませんように、淀のおじちゃんおばちゃんが死にませんように、常滑《とこなめ》のおじちゃんおばちゃんも死にませんように、誰も病気になりませんように、神さまどうかお願いします――

幼い私が〈神さま〉を信じていたのかどうかは疑わしい。だが毎夜のお祈りの習慣をやめたが最後、何かおそろしい不幸がおこるのではないか、自分がほんとうにひとりぼっちになってしまうのではないかという恐怖に、私はとらえられていた。

お祈りを終えたあとも、私の不安は去らない。母がいるはずの茶の間が、妙にひっそりしている。何か物音を聞こうとして、暗闇の中で私は耳をすます。が、何も聞こえない。遂に私は我まんができなくなり、そっと寝床をぬけ出す。

茶の間の障子は、明るく電灯に照らされている。湯が沸く音も聞こえる。だがまだ私は安心できない。廊下の端に私はうずくまり、待っている。そのうちとうとう障子をほんの少し開けて、中をのぞきこむ。母はもちろん、そこにいる。

◎北軽井沢

生れた翌年から、夏になると北軽井沢大学村の小さな家に行く。北軽井沢と云っても、軽井沢とは関係が無い。軽井沢は長野県だが、北軽井沢は群馬県である。白根の鉱山から硫黄を積み出す軽便鉄道にゆられて、軽井沢から一時間半も北へ入るのである。

その草軽電鉄は、やたらにカーブが多く、私はすぐに酔ってしまう。北軽井沢の駅前には、幌《ほろ》を下ろした珍しいオープンのダッジか何かのタクシーが待っている。警笛もゴムのラッパではなく、甲高《かんだか》い電気のやつだ。大学村の中の道は、轍《わだち》がえぐれ、その真中には草が残っている。そういう道が私は大好きだった。

家は落葉松《からまつ》林の中にある。夕立が降ってくると、トタン葺《ぶき》の屋根が鳴る。稀《まれ》な幸運で、浅間山の爆発を見ることがある。噴煙には他の何物にも喩《たと》えられぬ、独特の邪悪な材質感がある。唐傘をさして、火山礫《れき》を避け、家に戻る。興奮は容易に去らない。

◉生きもの

妙に記憶にのこっていること

谷川徹三

俊太郎が五つ六つの頃であった。庭で遊んでいた彼が突然ジダンダをふむようにして泣き出した。そばにいた私が何かと思って見ると、犬がカマキリにちょっかいを出しているのである。それを俊太郎は、犬がカマキリを殺そうとしている、とって喰べようとしているとでも思ったのだろう。まだあんまり犬に馴れないで、少しばかりこわかった頃なので、自分で犬を叱《しか》ることができず、カマキリがかわいそうだから何とかしてやってくれとオトナ達に催促しているのがジダンダになったらしいのである。私が気がついて犬を追ったら、すぐ泣きやんだ。

このことは妙に私の記憶にのこっている。その時私は、そういう気質に俊太郎が生まれついたことを、なかば嬉しく、なかば気がかりに思って、それを母親に話したものだった。

今でも俊太郎は家の中に蟻《あり》が入ってきても、殺さないで、そっとそとへすてる。東京でも郊外のこのあたりは相当蝿《はえ》がいるが、その蝿もよくよくでないと叩かないで、ときどき奥さんに怒られているようである。

おもしろいのは蚊である。中学校の理科で蚊のオスとメスとの形態の相違を教わり、かつオスの蚊は刺さないと教わったことは彼に一時、大きな救いをもたらした。手や足にとまった蚊についても、まずオスとメスの形態の相違を見究めて、オスだったらにがし、メスであることを確認したものだけを叩けばいいことになったからである。ところがその後蚊の繁殖にはオスも関係のある事実を知って、

5189 0418665C

冊

クオン

B07081216 48B

日韓同時代人の対話シリーズ

谷川俊太郎

酔うために飲むのではな
いからマッコリはゆっくり味わう

／地方・小出版流

ISBN978-4-904855-28-7 C0095 ¥1500E
1872803000049

本体 1500円

9784904 855287

受注No.121648
受注日25年07月08日

2001134 *

やむなくオスにもメスに対するのと同じ処置をとることにしたそうであるが、中学校で、理科を教わった頃から、その新しい認識に到達するまで、どれだけの歳月が立ったかは聞き忘れた。

毎夏ゆく山の家にはメクラグモという、糸のように長い足をもった気味のわるいクモが見境なく机の上や寝床にまでやって来て、私はこいつは眼の敵《かたき》にしているのだが、俊太郎はこれも殺せないで、そとへ捨てている。

（昭和三十四年）

◉冨山房の百科辞典

父の書斎兼応接間には独特な匂いがある。おそらくは四方の壁にぎっしりと並んでいる本の、特に洋書の、紙と皮革とそしてかびの匂い。日曜日には、若い客たちが終日そこで父と談笑しているが、父が留守の平日の午後などは、カーテンがひかれひっそりしている。

その隅っこの、じゅうたんの上に座りこんで、私は冨山房の百科辞典を見ている。その手ずれのある皮装の背の、呪文めいたインデックスの文字、たとえば、「ほんあみ〜ん」。何かを調べるために、見ているのではない。私は自分の外部の未知の世界をのぞきこんでいるのだ。

〈畸型〉という項の写真版が特に私を魅惑する。背中のくっついたシャム双生児、こびと、頭だけの胎児、六本の指――恐怖は無い。むしろ私はかすかなエロティシズムを感じている。私はうしろめたい。

私はかくれるようにして、度々百科辞典をひざの上にひろげる。今日学校で、丸くて青白い顔の同級生が笑いながら口にした謎の言葉、〈子の宮さま〉。私は一生懸命〈こ〉の項の頁をめくる。だが、何も出てない。

性に関する知識のほとんどすべてを、私はその百科辞典から吸収する。〈交接〉という項を私は読む。〈受胎〉という図版を何度もみつめる。理解はできないながら、私はそれらに執着する。

書斎には、世界美術全集も並んでいた。私もそこで〈聖セバスティアンの殉教〉に出会う。「仮面の告白」の主人公とは違って、私は奇妙な胸騒ぎを覚えるにとどまったが。

◉ピアノの部屋

通路のようにしか使えない、細長い中途半端な和室である。じゅうたんをしいて、ピアノと、レコードケースとその上に手巻きの蓄音器とを置いている。長押《なげし》には須田国太郎の初期の油絵（どこかヨーロッパの街の風景）がかかっている。

私はいやいやながらピアノの前に座る。教則本には、悪い手の形と、良い手の形とが写真になっている。まるで医学書のような印象だ。悪い手の形の持主は、きっと体の他の部分も悪い形をしている、この人は病気なんだ、と私は思う。私は一生懸命、良い手の形で弾こうとする。うまくいかない。特に薬指と小指は弱々しく、ちっとも意志通り動いてくれない。

私の子ども時代、すなわち昭和十年代前半の雰囲気は、私にとって、ソナチネアルバムの中のいくつかの小曲によって代表されると云っても過言ではない。小学唱歌は、私を感傷的にしない。

やがて私は生れて初めて自分から一枚のレコードを母にせがむ。その曲は「海ゆかば」。そして同時にまた、防空演習で灯火管制の最中に「会議は踊る」のレコードをかけ、母にとめられる。ワインガルトナー指揮の、ベートーベンの「第五」をくり返しくり返し聞き始めるまでに、まだ数年の間がある。そして、同じベートーベンの後期の弦楽四重奏曲、ピアノ奏鳴曲に移るのは、戦後だ。

◉朝

朝早く、私は庭に立っている。芝の上に露がおりている。隣家の敷地の端に立っている大きなにせアカシアの木のむこうから、太陽がのぼってくる。

その時、私の心に、何か生れて初めてのものが生れる。好ききらい、快不快、喜び哀しみ、こわいこわくない——今まで経験してきたそういう心の状態とは全く違った新しいもの、もっと大きなもの、その時はその名を知らなかったが、おそらく〈詩〉とも呼ばれ得るもの。その日の感動を、私は小学生らしく簡単に日記に書きとめる。

「今日、生れて初めて、朝を美しいと思った」

◉いじめっ子

校庭のはずれにある低い鉄棒のかたわらに私は呼び出される。放課後を大分過ぎているので、校庭にはもう誰もいない。私とその〈いじめっ子〉の二人だけだ。私はいきなり往復びんたをはられる。私はびっくりする。それまで人に打たれた経験がないので、何をされたのかもよく分らない。ひとりっ子に育った私は打ち返してけんかをしようということも思いつかない。驚きと当惑のあとに、恐怖と嫌悪がやってくる。やせこけた子猿のようなその〈いじめっ子〉は、今度は私に足払いをくらわせる。そうしながら何か威勢のいい言葉を発しているが、それはとにかく私が生意気だということを云ってるらしい。私はされるがままになっている。怒りはわいてこない、だが私は恥ずかしい、何故かひどく恥ずかしく、そして怖しい。しかし私は泣かない。

◉水雷艦長

私たちは〈水雷艦長〉という遊びをしている。私はちびだが足は速いし、小廻りもきく。帽子のひさしをうしろに廻して私ははり切っている。私は大柄な敵をひとり追いつめてタッチする。近所の農家の子だ、勉強はあまりできない。敵は私にタッチされたのに、捕虜になろうとしない、ルール違反だ。私が何度云っても、にやにや笑ってとりあおうとしない。私はかっとなる。自分でも思いがけない言葉が口からとび出す。「どん百姓！」

にやにや笑って逃げ廻っていた敵が急に立ち止まり、真面目な顔になる。今度は私の逃げる番だ。もうゲームではない、もうルールもない。私は逃げる、逃げぬく。校舎に入り、階段を駈け上り、駈け下りる。敵は追いつけない、だが敵はどこまでも追ってくる。すでに半分泣きながら気違いのように追ってくる。私は遂に〈親分〉に救いを求める。いつもはけむたい存在である〈親分〉に。彼には子どもながら侠気《きょうき》がある。彼は〈父ちゃんのとこにひっぱってく〉といきまく相手をなだめ、私に詫びを入れさせる。私はもう本気になって後悔している。

◉けんか

伊藤という、いささかかんしゃくもちのその子は怒っている。顔は紅潮し、額に静脈が浮き出ている。メンソレータムを塗った唇のまわりが、ぬれたように光っている。私は自分の机に座っていて、その子は前に立ちはだかり、両手で机の角をつかんでいる。何が理由での口論だったのだろうか。私はよどみなく自分の立場を主張する。私は自分が正しいことを半分くらい信じている、あとの半分は自分の口のうまさに頼ろうとしている。相手はだんだん言葉につまってくる。そして遂に校庭へ出ろと云いだす。腕でこいというわけだ。だが私には腕力に訴えねばならぬ理由は全く無い。私は拒み通す。気短かなその子はしかしフェアプレーを重んずる。私にあえて手出しはしない。やがて始業のベルが鳴り、私たちをとりまいていた見物も散ってゆく。私は勝つ。

放課後、私たち二人は別々に先生に呼ばれる。先生は私の正しさを認めながら、けんかを受けて立たなかった私を残念に思うと云う。初めて私に怒りがわいてくる。私は先生のその考え方をひそかに軽べつする。だが一方で、私はその若い先生の本当に残念に思っている気持を素直に受けとっている。私は彼を好きにこそなれ、きらいにはならない。

◉河邨文一郎《かわむらぶんいちろう》氏

庭伝いに父のところに客がある。時折現れる白皙《はくせき》の美青年だ。青年は何かを置いて帰る。清書され、きちんと綴《と》じられた原稿、というより、これは一部限定の本といっていい。表紙がつけられ、そこに勢いのいい毛筆の文字が躍っている。文字の黒と対照的に、赤で何か鳳凰《ほうおう》のような形の装飾も画かれていたのではなかったか。「何？」と私は訊ねる。「詩よ」と母が答える。読んでみる。何も分らない。私はつくりかけの模型飛行機のほうにもどる。

◉東條首相

朝刊に、東條首相が朝の散歩の途中で、小学生たちの頭を撫でている写真が出ている。私が感心して眺めていると、かたわらの父がおだやかに、だが苦々しげに「こういうことをやるようになっては、おしまいだ。」というような意味のことを云う。

◉過去

思い出すのがいやだというような過去は私には無い。あの時ああすればよかったという悔いも無い。悔いを残さぬように心がけて生きてきたわけではなく、また、どんな過ちも悔いまいという強い意志があるわけでもない。私には、悔いという形で過去を考えることができないのだろうと思う。

私にとって、過去は私の背後に延びている道路の如きものではない。過去は、もっと空間的にもつれあってひろがっている。だから日付や年代に沿って過去を整理することは苦手だ。すんでしまったことは何も無くて、私はいまだに自分が幼年時代にとらわれていると感じることがある。

思い出すのが楽しいという過去も、私にはほとんど無いようだ。子どもの頃、ピーターパンに憧れて、いつまでも子どもでいたいと思ったことはあるが、今、子どもに戻りたいとは思ってもみない。ピーターパンに憧れたのは、思春期に近づいた自分の肉体が、一時期大変みにくいものに感じられたからであり、自分の思うままに生きることのできなかった未成年期は、むしろ苦痛のほうが大きかったように憶えている。

ひとりっ子に生れ、母親に甘えて育った私は、子どもの頃、母を失うということが他の何ものよりも怖しかった。母の帰りがおそい時など、壁のほうを向いてひとりでしくしく泣きながら、私はくり返しくり返し母の死を想像し、それに耐えられるように自分で自分を訓練した。母とのむすびつきが余りに強かったために、青年期になって、精神的に母から独立した時、私は自分がひとりで生きられると錯覚するようになっていた。

今でも私の心の中のどこかに、ひとりで生きられる、ひとりで生きるしかないという感覚が残っているように思う。それが或る面で、私の強さとして表れているのもたしかだが、今の私にはそれがむしろ、エゴイズムとむすびついていることのほうが、より強く意識される。

◉空襲

焼夷弾《しょういだん》が夜空を、光の雨のように降ってくる。美しいと感ずる余裕はなかった筈だが、記憶の中では美しい。丁度真上で落されたそれらが、風でゆっくりと流されてゆく。助かったと思う気持はかくせない。

東に火の手があがり、やがて家のまわりの路地が、避難してきた人々でにぎやかになる。防空頭巾をかぶったまま、私は眠ってしまう。

翌朝早く、友人たちと自転車に乗って、高円寺あたりの焼跡を見に行く。焼死体はみな黒く、不思議につやつやしていて、カツオブシを連想させる。股のところに、小さな穴があいている。(こういう経験は、これ以上何を書いても、それは修飾にすぎないという風に、私にはとらえられている。その時の自分の感情も、よく憶えていないと云うのが最も正確だろう。重苦しいものはなかったし、むしろ我々ははしゃいでいたと思うが。)

不発の焼夷弾を拾って帰る。中のマグネシウムの粉は、火をつけると花火のように燃える。信管は分解しようとしたが手に負えない。石にたたきつけると、小さく破裂音がした。六角形の筒形の錘《おもり》のようなものは、米つき用の竹棒につけられ、一升瓶の中の玄米を搗《つ》く。

学校に出ると、友人が硝子の破片のようなものをくれる、敵機の風防の断片だそうだ。こすると甘い良い匂いがする。合成樹脂というものに触れた最初の機会だろう。

◉一九五五年に書いた短い文章

詩を書き始めの頃

詩人という名を自らすすんで僭称せねばならぬと覚悟を決めたのは、いつ頃からのことであったろうか。中学校の同級生だった北川幸比古を通して詩に親しみ始めていた頃は、自分が詩人になろうなどとは夢にも思ってはいなかった。僕はどちらかと云えば文学青年ではなかったと思う。中学の中頃から大分ぐれてきてはいたが、それはおそらく思春期というものであって肉体が何やかやとごねているのを精神のせいにするのは余り好まなかったように記憶している。学校がいやでいやで仕方のなかったことを除いては、僕は戦後の妙な時期を大変幸せにすごした。つまり僕は異常な時代を平常に生活していた。僕は異常なものを平常なものと信じるくせがついていた。

北川幸比古は僕よりはるかに感じ易い文学青年であった。僕はピンポンにつきあうように、彼の詩につきあって詩を書いた。当時僕の最も好んだ詩人は、岩佐東一郎であった。今から思えば浅薄な理解であろうが、僕は岩佐氏の詩を大層趣味的なものとして理解していた。そのしゃれっ気と情念の節度とを僕は好み、公然とそれにならっていた。僕が詩をノートに書きため始めたのは、一体どういう心境だったのか、今は判然としない。だが、だんだんに詩を書くことの外《ほか》に、することのなくなってきていたのは事実だった。残念だがそれが最も本当に近い。僕は詩が好きで好きでたまらぬといったようなタイプではない。自分の書いたものを、雑誌に投稿などするようになったのも、受験勉強の退屈まぎれにであった。螢雪時代からノート、学窓とやらから万年筆、そして一番の大当りは、学苑とかいう雑誌のコンクールの次席になって、たしか三千円ばかりもらったことがあった。どうしても大学へゆくのがいやで、とうとう我を通したかわりに、何か自分の仕事のようなものを両親に誇示して安心させねばならなかった時に、二冊の詩のノートが役に立った。思えばこれが一生の不作の始まりだった。僕はその日からタフ・ガイになることをあきらめざるを得なくなったのである。三好達治先生がわざわざ僕の詩をほめに来て下さった時も、僕はまだあまりに子供だった。僕は詩人になることのおそろしさなどちっとも解っていなかった。

だが今になってみると、僕の詩への入り方は大変いい入り方だったと思う。僕は何の理想も先入観もなく素直に即物的に詩を知っていった。少くとも当時は、僕は感傷的でも、観念的でもなかった。僕は自転車に乗るように、ピンポンをするように、詩を書いていた。気楽な話である。僕も年をとったものだ。誇張でなく近頃よくそう思う。

詩はまだしも、若書きの文章というやつは全く始末に悪い。たとえばこの文章の中の〈一生の不作の始まり〉などというユーモアにもなってないいやみな云いかた、またたとえば「世界へ！」の中の〈詩から一切の曖昧《あいまい》な私性を完全に追放してしまう〉などの空疎な妄語、拾い出せばきりのないこういう自分の浅はかさは、けれどそのまま現在の私の浅はかさにつながる。これらの文章を、全く否定し去るほど私は無責任ではないし、自分にかまけすぎることの不健康も知っているつもりだが——まあいい、もうやめよう。少くとも私は動きつづけている。一日のメランコリアを、酒で紛らわすこともできず、まして詩で紛らわすことなどとうていできずに。

書き落していることがひとつある。初めて雑誌に詩を投稿した時、私は最初で最後のペンネームを使った。どんな詩を書いたかは忘れてしまったが、そのペンネームだけは覚えている。棚川新太郎というのである。

（一九六九年九月）

私のお気に入り

……申庚林

二〇〇七年にスウェーデンのシカダ（cicada）文学賞を受賞したときのトロフィー。〈cicada〉はスウェーデン語で〈蝉《せみ》〉という意味だそうで、トロフィーにも蝉の絵が描かれています。蝉は放射能の汚染にも耐える、強い生命と平和の象徴です。

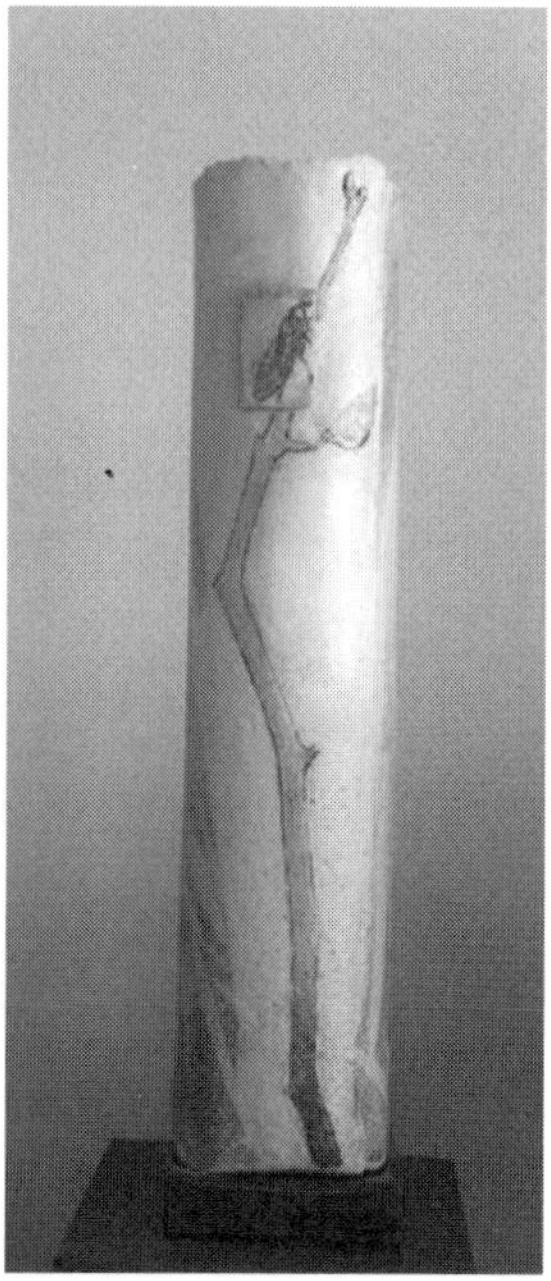

もっとも韓国的な西洋画家である朴寿根《パクスグン》画伯の虎。親しみやすく、かつ元気になれる絵なので、玄関に飾っています。

私のお気に入り……谷川俊太郎

鐔《つば》

私の父は哲学の勉強をした人ですが、美術・工芸品が好きで、いろいろ蒐集していました。この鐔もその中の一つです。「私は一九三九年から四〇年にかけて、短いあいだであったが、鐔に夢中になった。一時、室町期から桃山期にかけて造られた、古後の鐔師と呼ばれた専門工とは違った者たちによって造られた、単純な文様の透かし鐔であった。」と父は書いています。

対詩を終えて

初めての、しかも言語を異にする隣国の詩人との対詩だったので、ずっと楽しみながら書いていました。国も言葉も違うのだから考えや情緒が同じはずはありませんが、もっと重要なのは、この地球上で同じ時代に足を踏みしめて生きる人間であるということです。同じ時に同じ空の同じ星を仰ぎつつ夢を見、昇る太陽と沈む太陽をともに眺めて暮らしてゆくことが、とても貴重なのではないだろうかと思いました。

私たちはどのみち、この世に生まれて学び身につけた言語で詩を書きます。しかし私たちの詩が追求する言葉は、その中に宝石のごとく埋まっている事物の本質なのです。そうであるならば、谷川さんと私が詩を通じて追求している言葉は、同一のものなのではないでしょうか。

申庚林

二〇一四年十二月

解説

吉川凪

対談のために谷川俊太郎氏と申庚林《シンギョンニム》氏が初めて顔を合わせたとき、真っ先に気づいたのは、お二人の背丈がほとんど同じということだ。同年配の男性の平均に比べ、かなり小柄である。並んで座っていると、何だか森の奥から妖精が二人出てきて、木の切り株に腰かけてよもやま話をしているような気がした。ご両人は生まれ育った環境や経歴は大きく隔たっているものの、ともに幼児期に溺愛された経験があり、そのために生じたある種のひ弱さと、それを覆うために成長の過程で自ら築いた繭《まゆ》のようなものを共通して内部に抱えている。お腹の皮が薄いので、お互いその繭が、ときどき透けて見えているはずだ。

東京での対談は、『申庚林詩選集　ラクダに乗って』（吉川凪訳、クオン、二〇一二）の出版を記念して東京韓国ＹＭＣＡで行われた。翌年には谷川氏の絵本が韓国で翻訳出版され、出版都市・坡州《パジュ》で毎年開かれる本の祭典「ブックソリ」（「ブック」は

「book」と「太鼓《プク》」をかけたもの。「ソリ」は韓国語で「音」）のイベントの一つとして再び対談が行われた。対談の席では、併せて詩の朗読も行われた。谷川氏の詩はご本人が日本語で読み、申庚林氏が韓国語訳で同じ作品を朗読した。申庚林氏の詩もご本人が韓国語で、谷川氏が日本語訳で朗読した。それはそれで、深い対話のように見えた。

＊

〈連詩〉は連歌という日本の伝統から来たものだから、外国にそんな概念はない。詩を誰かに贈り、受け取った人がお返しにまた詩を書くことはあっても、複数の詩人が共同で一篇の詩を作るという形式は、韓国《からくに》には存在しなかった。そのため対詩（連詩と同じものであるが、二人だから今回はこう呼んでいる）をやろうという提案に、申庚林氏は当初、躊躇した。だが短い詩が数回往来するや、すぐにそのおもしろさを理解されたようである。この対詩は、規則はいっさい設けず、東京とソウルから発信されるメールにより二〇一四年一月から六月末にかけて断続的に行われた（当然のことながら中間には常に翻訳者が介在している）。途中、四月に起ったセウォル号事件で申庚林氏がひどく打ちのめされ、そのため対詩の流れがいっとき淀むということもあった。

ここで、日本の読者のために、申庚林氏の来歴を簡略に記しておく。以下は、対談の会場で配布したパンフレットに載せた紹介文である。

*

詩人申庚林は一九三五年、韓国忠清北道の村に生まれた。本名は申応植《シンウンシク》。金鉱に近かったため村はゴールドラッシュに沸きかえり、早くから電気が通った。各地から集まった労働者たちの方言や民謡、珍しい話を耳にしながら、幼い庚林は山の向こうに広がる大きな世界に思いを馳せた。

開明派の漢学者であった祖父は、祖母とともに初孫の庚林を溺愛した。このお祖父さんから漢方薬を飲まされすぎたために背が伸びなかったのだと、本人は思っている。一族は教育熱が高く、日本の大学に留学した親戚も多かった。庚林は、ちょっとだらしない父と優しく賢い母のもとでボンボンとしての幼少期を過ごす。近所の子どもは牛の背に乗って遊んでいたのに、庚林は怖がりなので乗れなかった。後に「ラクダに乗っていこう／あの世へは」（「ラクダ」）という詩を書くが、今でも高所恐怖症だし動物も怖いから、実際にはラクダなど乗れないだろう。

韓国が日本の植民地支配から解放された後、庚林少年は朝鮮戦争の惨劇を目の当たりにしつつ成長する。田舎の小学校教師になろうというロマンチックな夢を抱いて入学した師範学校ではオルガンが弾けずに挫折するが、入り直した高校で教師の激励を受け、文学に志望を定める。ソウルで大学に入ってからは共に語り合う友人もでき、読書と詩作に励む日々であったが、父親が事業に失敗して家産が傾く。さらに、親しい先輩が思想事件で検挙されたのを見て、累が及ぶのを恐れた庚林は、田舎にこもってしまう。

進むべき道を見出せないでいたある日、奇行で名高い詩人金冠植《キムグァンシク》に偶然再会し、ソウルで詩を書こうと誘われたのを機に、庚林は妻を連れて再び上京する。山の上に無許可住宅が立ち並ぶ、通称「山一番地」の一角に荷をほどくと、粗末な家の窓で夕焼けだけが異様に美しかった。

貧しい人々の暮らしをみずから体験した庚林は、その哀歓を詩に描こうと決心する。やがて創作と批評社から詩集『農舞《ノンム》』(一九七五)が出版されるや、わかりやすさと高い芸術性を兼ね備えた作品は、ムダに難解で空虚な似非《エセ》モダニズム詩が席捲していた韓国の詩壇に大きな衝撃を与えた。詩人たちは平易な言葉で詩を書くようになり、安価なペーパーバックの詩集がシリーズで刊行され、韓国現代詩に「民衆詩」の時代が開かれた。

一九八〇年代、民主化運動の中心的存在として軍事独裁政権を批判する作品を書き、講演し、民謡の研究、民謡のリズムを採り入れた詩を書く庚林は、いつしか民族詩人と呼ばれるようになっていた。しかし、民謡のリズムや政治批判が想像力を抑圧していたことに気づいた詩人は、その殻を打ち破って自分の書きたいものを自由に書こうと思い直し、それ以後は紀行詩や私小説的内容の詩など、新たな試みに挑戦し続けている。

独裁政権下で受けていた出国禁止命令が解けて以来、庚林は毎年のように外国に出かけて講演、詩の朗読などをしている。同居していた母が亡くなると庭の草木が一挙に枯れてしまい、その後は娘夫婦と同じマンションに引っ越して孫の成長を楽しみに暮らしているが、今では孫も大きくなって遊んでくれないので、ちょっとつまらない。小食で、ダイコンの干葉《ひば》のスープのごとき素朴な食物を好む。週末は仲間たちとソウル近郊で登山。皆で出かけたヒマラヤ遠征では、高地で酒をくみかわしてシェルパに叱られた。趣味は囲碁だが、せっかちな性格だから強くはないはずである。

詩集に『農舞』『鳥嶺《セジェ》』『月を越えよう』『貧しい愛の歌』『道』『倒れた者の夢』『母と祖母のシルエット』『角《つの》』、『ラクダ』、長詩集『南漢江』があり、『申庚林詩全集』1、2も刊行された。散文の著作として『民謡紀行』1、2、『詩人を探して』1、2、『風の風景』などがある。

＊

谷川氏と申庚林氏が話をするときは、たいていその場にいる誰かが通訳するけれど、坡州《パジュ》で再会し、対談前に食事をかねて打ち合わせをする席でも、初めは何となくもじもじしてお互い言葉数が少なく、少しすると打ち解けて冗談も飛び出すようになった。この次またどこかで再会したら、同じように最初は何となくもじもじして、またダんだん打ち解けてくるのだろう。その次も、また、その次も。たぶん。

［出典一覧］

※詩の再録にあたり、旧仮名遣いを新仮名遣いに改め、難解な漢字にはふりがなを付しました。

「対詩」……書き下ろし

詩　谷川俊太郎

「二十億光年の孤独」「かなしみ」……『二十億光年の孤独』（東京創元社、一九五二）

「ほん」……『すき』（理論社、二〇〇六）

「自己紹介」……『私』（思潮社、二〇〇七）

「臨死船」……『トロムソコラージュ』（新潮社、二〇〇九）

詩　田原

「冬の夜」「葦」「息苦しい列車の中」「さすらいびとの唄」「ラクダ」……『田原詩選集　ラクダに乗って』（クオン、二〇一二）

エッセイ　田原

『阿呆どうしは顔さえ合わせりゃ浮かれ出す』（文学の文学、二〇〇九）より抄録

エッセイ　谷川俊太郎

『二十億光年の孤独』（集英社文庫、再録、二〇〇八）より抄録

谷川俊太郎（たにかわ・しゅんたろう）

一九三一年東京生まれ。一九五二年第一詩集『二十億光年の孤独』を刊行。一九六二年「月火水木金土日の歌」で第四回日本レコード大賞作詞賞、一九七五年『マザー・グースのうた』で日本翻訳文化賞、一九八二年『日々の地図』で第三十四回読売文学賞、一九九三年『世間知ラズ』で第一回萩原朔太郎賞、二〇一〇年『トロムソコラージュ』で第一回鮎川信夫賞など、受賞・著書多数。詩作のほか、絵本、エッセイ、翻訳、脚本、作詞など幅広く作品を発表。近年では、詩を釣るiPhoneアプリ『谷川』や、郵便で詩を送る『ポエメール』など、詩の可能性を広げる新たな試みにも挑戦している。近著に『おやすみ神たち』（川島小鳥との共著）がある。

申庚林（シン・ギョンニム）

一九三五年忠清北道中原郡（現、忠州市）に生まれる。東国大学英文科卒。一九五六年『文学芸術』に「葦」などの詩を発表して創作活動を開始。処女詩集『農舞』以来、民衆の暮らしに密着したリアリズムと優れた抒情性、伝統的なリズムを採りいれた詩によって韓国現代詩の流れを一挙に変え、「民衆詩」の時代を開いた。一九七〇年代以後は文壇の自由実践運動、民主化運動で重要な役割を果たした。詩集に『農舞』『鳥嶺《セジェ》』『月を越えよう』『貧しい愛の歌』『道』『倒れた者の夢』『母と祖母のシルエット』『角《つの》』『写真館の二階』、長詩集『南漢江《ナマンガン》』があり、散文の著作として『民謡紀行』一、二、『詩人を求めて』一、二、『風の風景』などがある。万海文学賞、韓国文学作家賞、怡山文学賞、丹斎文学賞、大山文学賞、空超文学賞などを受賞。現在、東国大学碩座教授。趣味は囲碁と登山。

［訳者］吉川凪（よしかわ・なぎ）

大阪生まれ。翻訳家。新聞社勤務を経て韓国に留学、仁荷大学国文科大学院で韓国現代文学を専攻。文学博士。著書『朝鮮最初のモダニスト鄭芝溶』『京城のダダ、東京のダダ』、翻訳書に申庚林詩選集『ラクダに乗って』、パク・ソンウォン『都市は何によってできているのか』、カン・ヨンスク『リナ』、金重美『ねこぐち村のこどもたち』など。

酔うために飲むのではないから
マッコリはゆっくり味わう

２０１５年３月25日　初版第１刷発行

著者　谷川俊太郎　申庚林
訳者　吉川凪
編集　川口恵子
ブックデザイン　桂川潤
ＤＴＰ　小林正人（ＯＩＣＨＯＣ）
マーケティング　鈴木文

発行人　永田金司　金承福
発行所　株式会社クオン
〒１０４－００５２
東京都中央区月島２－５－９
電話　０３－３５３２－３８９６
ＦＡＸ　０３－５５４８－６０２６
ＵＲＬ　www.cuon.jp/

ISBN 978-4-904855-28-7 C0095

日韓同時代人の対話シリーズ

「日韓同時代人の対話シリーズ」発刊に際して

半島と列島の関係は、時代の波に翻弄され、あるときは近づき、
またあるときは遠くなりながら綿々と続いてきました。
これからもきっと、近づいたり遠ざかったりを繰り返すことでしょう。
現実社会に生きる生身の人間であるかぎり、私たちもその影響から逃れることはできません。
それでもなお、私たちは、常にもうひとつの視点を忘れずにいたいと思います。
〈ひとり〉と〈ひとり〉が出会って対話するとき、
また真摯に相手の思いを受け取り、伝えようとするとき、
自分の奥にある何かが目覚め、ほんの少し、私たちの何かが変わります。
別の言語、別の文化を持っている個性どうしであれば、
なおさらその相互作用は大きくなることでしょう。
この個と個の出会いから何が生まれるのか、私たちにもまだわかりません。
読者の皆さんと一緒に見届けたいという願いで、この一冊をお届けいたします。

二〇一五年二月　クオン　永田金司
金承福

＊このシリーズは、韓国のウィズダムハウス出版社から韓国語版が同時刊行されます。

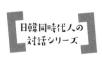